Thommie Bayer
Weißer Zug nach Süden

PIPER

Zu diesem Buch

Chiara stammt aus Castelnuovo in Italien. Warum sie nach Deutschland gekommen ist, geht niemanden etwas an. Jetzt ist sie da und führt das Leben, das ihre Freundin Leonie ihr hinterlassen hat: Chiara wohnt in Leonies Haus auf dem Hügel und hat sogar ihren Job übernommen – sie putzt die Wohnungen fremder Menschen. Für den Übergang, sagt sie sich, aber dieses Leben gefällt ihr, sie mag es, in das Leben anderer zu schauen, die Dinge in Ordnung zu bringen. Die Wohnung des Herrn Vorden übt dabei eine besondere Anziehung auf sie aus. Und auch Vorden scheint eine tiefere Verbindung zu ihr zu haben – denn jede Woche, wenn Chiara seine Räume betritt, findet sie auf seinem Schreibtisch einen Stapel Blätter mit einer Geschichte. Und jede Woche fragt sie sich, ob der Mann, von dem sie nicht einmal den Vornamen kennt, ihre Gedanken lesen kann. Denn seine Geschichten haben sehr viel mehr mit ihr zu tun, als Vorden eigentlich wissen kann.

Thommie Bayer, 1953 geboren, gehört zu den meistgelesenen deutschsprachigen Erzählern und veröffentlichte neben zahlreichen Drehbüchern Romane und Erzählungen. Unter anderen erschienen von ihm die Bücher »Das Aquarium«, der für den Deutschen Buchpreis nominierte Roman »Eine kurze Geschichte vom Glück«, »Fallers große Liebe«, »Vier Arten, die Liebe zu vergessen« und zuletzt »Seltene Affären«. Thommie Bayer lebt zusammen mit seiner Frau in Staufen bei Freiburg.
Mehr zum Autor unter www.piper.de

Thommie Bayer

Weißer Zug nach Süden

Roman

PIPER
München Berlin Zürich

Mehr über unsere Autoren und Bücher:
www.piper.de/literatur

Von Thommie Bayer liegen im Piper Verlag vor:
Der langsame Tanz
Der Himmel fängt über dem Boden an
Die gefährliche Frau
Spatz in der Hand
Singvogel
Einsam, Zweisam, Dreisam
Eine kurze Geschichte vom Glück
Eine Überdosis Liebe
Aprilwetter
Fallers große Liebe
Die frohe Botschaft abgestaubt
Heimweh nach dem Ort, an dem ich bin
Das Aquarium
Vier Arten, die Liebe zu vergessen
Die kurzen und die langen Jahre
Weißer Zug nach Süden
Seltene Affären

FSC
www.fsc.org
MIX
Papier aus verantwortungsvollen Quellen
FSC® C083411

Ungekürzte Taschenbuchausgabe
Oktober 2016

Umschlaggestaltung: Kornelia Rumberg, www.rumbergdesign.de
Umschlagabbildung: plainpicture/KuS (Vögel);
Photothek via Getty Images (Frau auf Motorroller)
Satz: Satz für Satz, Wangen im Allgäu
Druck und Bindung: CPI books GmbH, Leck
Printed in Germany ISBN 978-3-492-30849-6

Für Jone

Con le tue finestre aperte sulla strada
e gli occhi chiusi sulla gente

Fabrizio De André

1

Chiara steht am Fenster. In der Ebene fährt ein weißer Zug nach Süden, weiter hinten ragen die Berge bläulich aus dem Dunst, und der Westwind trägt ein flaches Dröhnen von der Autobahn herüber.

Jeden Dienstag steht sie hier, schon den ganzen Juni hindurch, und erlaubt ihrem Blick das Fliegen. Über Dörfer, Städte, Felder, Strommasten, Silos und Kirchtürme, sie atmet die Weite ein und bedauert nur, dass es mit dieser Aussicht und diesen Dienstagen in zwei Wochen vorbei sein wird, wenn Leonie aus New York heimkehrt und sich ihrer Kundschaft wieder selbst annehmen kann.

Zehn Wohnungen putzt sie, wäscht und bügelt, und für zwei alte Leute kauft sie ein, so kommt sie im Schnitt auf sechs Stunden am Tag und fünf Tage in der Woche, was kein Vermögen einbringt, aber ausreicht, um sich frei zu fühlen in dem provisorischen Leben, das für Leonie als einziges erträglich scheint. Sie behauptet, sofort Fieber zu bekommen, wenn alles nicht am nächsten Tag ganz anders werden kann.

Chiara ist eingesprungen, solange Leonie weg ist, das Angebot, oder besser die Bitte, kam im richtigen Moment: Chiara musste weg von dort, wo sie lebte, und hier wird niemand nach ihr suchen.

Der weiße Zug ist jetzt verschwunden, das flache Dröhnen ebenso, denn Chiara hat das bodentiefe Fenster geschlossen, ihren Blick von der Landschaft ab- und den Dingen auf dem Schreibtisch zugewandt, die sie jetzt der Reihe nach zur Seite aufs Regal umsiedelt, bis die Tischplatte leer ist und mit einem feuchten Tuch gewischt werden kann.

Dann stellt und legt und lehnt sie alles wieder genauso hin, wie es war, bis das wohlkomponierte Chaos aus Papieren, Figürchen, Utensilien und Notizzetteln denselben Anblick bietet wie zuvor. Am Anfang, vor vier Wochen, hat Chiara in der Küche und hier im Arbeitszimmer Handyfotos gemacht, aber schon bei der Kontrolle gemerkt, dass sie die nicht brauchte – alles fand seinen Ort wieder, als gäbe es nur diesen: Briefwaage, Lesebrille, Stiftdose, Aschenbecher, Stempelkissen, Telefon, Uhr, Zinnsoldaten, Spielzeugauto, Murmeln und Tintin wurden wie von Magneten angezogen an ihre jeweils einzigen richtigen Plätze.

In den anderen Wohnungen gibt sich Chiara nicht solche Mühe, dort landet alles, was sie in die Hand nimmt, einfach irgendwie etwa wieder dort, wo es war – es ist egal, den Bewohnern und Chiara, das sieht sie an der Art, wie die Sachen stehen. Nicht wie hier einander zugewandt, orchestriert in einer leisen und lustigen Harmonie, sondern jedes einzelne Ding mürrisch und nüchtern, nur seinem Gebrauch oder dekorativen Zweck verpflichtet. Es ist wie der Unterschied zwischen einem Versandhauskatalog und einem Märchenbuch. Oder zwischen Mondrian und Kandinsky.

Irgendwas ist in dieser Wohnung, das Chiara sich fühlen lässt, als richte sie sich innerlich auf, als atme sie tiefer ein und erfrische sie der Sauerstoff, strahle aus von innen bis unter die Haut, belebe Muskeln und Sehnen, lasse sie wach werden, als habe sie bisher gedöst.

Das ist natürlich alles Einbildung. Die Wohnung gefällt ihr, mehr ist da nicht, kein Geist, keine Seele, nur Dinge, die meisten schön auf ihre Art, die anderen geliebt, wie sie glaubt, zumindest geachtet für das, was sie tun, so wie die Gewürze auf dem Wandregal oder die Gästepantoffeln im Schrank.

Den Wohnungsbesitzer kennt sie nicht. Er legt jedes Mal vierzig Euro auf die Kommode im Flur unter den Sockel einer kleinen Büste. Er scheint Schriftsteller zu sein, zumindest schreibt er irgendwas, denn jeden Dienstag liegt ein neuer Stapel Papier ausgedruckt auf dem Schreibtisch, darauf Titel und Datum – es sind immer um die zehn, zwölf Seiten, gezählt hat Chiara sie hin und wieder, aber gelesen nicht.

Den Namen auf dem Klingelschild hat sie gegoogelt, aber nur Zahnärzte, Handwerker, Vereinsfunktionäre und einen Professor gefunden, auch bei den Internetbuchhändlern existiert er nicht, also schreibt er unter Pseudonym oder wird nicht veröffentlicht. Oder er lebt unter Pseudonym. Vorden. Ohne Vornamen.

Chiara mag diesen Mann, obwohl sie ihn nicht kennt. Sie hat nicht einmal eine Vorstellung von seinem Aussehen, nur, dass er schlank sein muss, weil die Sachen in seinem Kleiderschrank alle in Größe fünfzig sind. Auf den Fotos an den Wänden seines Arbeitszimmers taucht kein Mann so häufig auf, dass sie sich sicher sein könnte, es handle sich um ihn, und die Schubladen hat sie nicht durchsucht nach einem Ausweis, Führerschein oder sonstigen Dokument, auf dem sich Name und Gesicht beieinanderfinden mussten.

Er lebt allein, zumindest hier in dieser Wohnung, in die er donnerstagnachts kommt und die er sonntagabends wieder verlässt. Das weiß Chiara von Leonie, für die der Mann natürlich kein Phantom ist, weil er sie engagiert und eingewiesen hat. Vielleicht hat er eine Familie von Montag bis Donnerstag, aber das ist weniger wahrscheinlich, als dass er einen Beruf hat, dem er an diesen Tagen nachgeht, eine zweite Wohnung, in der alle Dinge seines täglichen Bedarfs noch einmal stehen, von der Spülmaschine bis zum Rasierwasser, vielleicht sogar ein Zinnsoldat oder eines dieser Kästchen aus Acryl.

Das Arbeitszimmer macht sie immer als Letztes vor dem Bad. Nachdem sie alles abgestaubt und gesaugt hat, Computerbildschirm, Tastatur und Drucker mit Glasreiniger zum Glänzen gebracht, dann den Boden gewischt und das Fenster wieder geöffnet, verlässt sie das Zimmer und geht ins Bad, lässt Wasser in die Wanne, gibt ein paar Tropfen von ihrem mitgebrachten Badeöl dazu, zieht sich aus und lässt sich vorsichtig in das etwas zu heiße Wasser sinken.

~

Schon beim ersten Mal, zusammen mit Leonie, als die ihr alles zeigte und erklärte, weil der Hausherr nicht da sein würde, war dieser Gedanke wie eine Biene um Chiaras Kopf geschwirrt: Hier würde ich bleiben.

Und gleich am zweiten Dienstag hat sie getauscht und diese Wohnung auf den Nachmittag gelegt, so kann sie bis zum Abend bleiben und sich einbilden, sie wohne hier und putze für sich selbst.

An diesem Tag hat sie auch in einem Hungeranfall die Tafel Schokolade aus dem Kühlschrank aufgegessen, sich vorgenommen, sie gleich am Mittwoch zu ersetzen, es dann aber vergessen, weil alles durcheinandergeriet – die alte Dame, bei der sie morgens putzt und für die sie am späten Vormittag einkaufen geht, hatte einen Schwächeanfall, wurde mit dem Notarztwagen abgeholt, brauchte später im Krankenhaus Nachthemd, Zahnbürste, Kosmetika, Trost und Zuspruch, sodass der Termin vom Nachmittag verlegt werden musste und Chiara es gerade noch so schaffte, für sich selbst ein Brot einzukaufen, bevor der Bäckerladen schloss.

Die Schokolade fiel ihr erst wieder am Dienstag darauf ein, als zwei Tafeln im Kühlschrank lagen. Auf der oberen klebte ein gelber Zettel mit der Aufschrift: *Bitte eine für mich übrig lassen.* Darunter war ein Lächelgesicht gezeichnet, ein Kreis, zwei Punkte, ein gebogener Strich. Sie rührte die Schokolade nicht an, wusste auch nicht, wie sie sich entschuldigen sollte, überging diese nette Geste einfach, und am dritten Dienstag stand eine kleine Schale mit Obst, Gummibärchen und wieder dieser Tafel Schokolade auf der Spüle. Diesmal war auf dem gelben Zettel nur das Lächelgesicht, kein Text. Und diesmal aß sie die Schokolade. Und begann, den Mann zu mögen.

~

Die Putzfrau in der Badewanne ist ein Klischee. Das stört Chiara nicht, denn was ist nicht alles Klischee und macht trotzdem Vergnügen, niemand sieht sie und kann ihr diese kleine Selbstbelohnung verübeln, und wer in seinem Leben jedes Klischee auslassen wollte, wäre ein verkrampfter und langweiliger Mensch. Küsse in der Geisterbahn, Rührung beim Anblick von Tierkindern, Seufzer in Venedig – all das wird nicht falsch dadurch, dass man es mit vielen teilt.

Am liebsten würde sie jetzt einschlafen und erst wieder aufwachen, wenn das Wasser kalt geworden ist. Und am liebsten würde sie bis zum Sonnenuntergang hierbleiben, sich eins der Hemden aus dem Wäschekorb nehmen und überziehen, in einen der beiden Sessel lümmeln und ein Buch lesen. Oder Musik hören.

Sie könnte nackt durch die Wohnung spazieren, das Haus steht frei, die zweite Wohnung darin wird von den Besitzern anscheinend nur in den Ferien genutzt, sie hat noch niemanden gesehen, und niemand würde sie sehen. Sie tut es nicht, denn ein Bad pro Woche ist Übergriff genug – mehr gestattet sie sich nicht. Im Vertrauen dieses Mannes liegt keine Herablassung, jedenfalls interpretiert Chiara keine hinein, die Schokolade und der Obstteller weisen auf Stil hin, so wie die Bilder und Bücher und Möbel. Dieses Vertrauen und diesen guten Stil wird sie nicht missbrauchen. Auch wenn der Herr Vorden das nie erfahren würde.

Sie macht das Bad sauber, ohne Hast und in Unterwäsche – sie zieht ihre Putzklamotten nicht wieder an, eine dunkelblaue Jogginghose und ein etwas helleres T-Shirt, das mal teuer gewesen, aber nach der ersten Wäsche aus der Form geraten ist. Das Tageslicht reicht noch aus für die ganze Prozedur, und erst als sie fertig ist, Putzmittel, Lappen und Papiertücher in den Eimer gelegt und sich die Kleider für draußen, Jeans und Sweatshirt, angezogen hat, öffnet sie das Fenster, lässt die Feuchtigkeit hinaus und schaltet das Licht ein, um sich am neuen Glanz der kleinen weißen Fliesen, des Porzellans und der schlanken Armaturen zu erfreuen. Ihr Werk.

Herr Vorden ist nicht nur so nett, ihr Süßigkeiten hinzustellen, er achtet offenbar auch darauf, keine Haare in den Abflüssen von Dusche und Waschbecken zu hinterlassen, selbst den Müll bringt er raus, bevor er das Haus verlässt.

Sie hängt die Lappen zum Trocknen auf die kleine Heizung im Gästeklo, stellt Eimer und Gerätschaften in die Speisekammer, geht noch einmal durch alle Räume, um zu kontrollieren, dass sie nichts liegen gelassen oder durcheinandergebracht hat, dass alle Fenster zu sind und die Heizung am Zentralthermostat auf neunzehn Grad steht, dann zieht sie ihren Dufflecoat an, nimmt ihre Tasche, geht aus der Tür und schließt ab.

Sie will eben den Roller starten, als ein Polizeiauto vor die Einfahrt rollt. Eine Polizistin und ein Polizist steigen aus und kommen ihr mit ernsten Gesichtern entgegen.

»Was tun Sie hier?«, fragt der Polizist.

»Ich habe sauber gemacht. Wie jeden Dienstag«, sagt Chiara und gibt sich Mühe, ihren Ärger über diese Peinlichkeit zu verbergen. Sie greift in ihre Tasche und holt den Schlüssel hervor.

»Hier«, sagt sie, »der Schlüssel. Den hätte ich ja wohl eher nicht als Einbrecherin, oder?«

»Dürften wir bitte trotzdem Ihren Ausweis sehen?«, sagt der Polizist, und seine Kollegin fügt hinzu: »Und einen Blick in Ihre Tasche werfen?«

Jetzt gelingt es Chiara nicht mehr, ihren Ärger zu kaschieren, sie schüttelt den Kopf und tut, was von ihr verlangt wird, zieht den Ausweis aus dem Geldbeutel und hält ihre Handtasche offen vor die beiden hin.

»Darf ich?«, fragt die Polizistin und wartet Chiaras Antwort nicht ab, sondern nimmt die Tasche an sich, kramt darin herum und studiert den Inhalt. Ihr Kollege referiert derweil die Daten auf dem Ausweis, als seien das wichtige Indizien: »Chiara Mancini, wohnhaft in Castelnuovo di Porto, Via Sant'Antonio vierzehn.« Er spricht ihren Nachnamen als Mankini aus, und auch alles andere klingt furchtbar, weil er es phonetisch eindeutscht. Vermutlich wundert er sich, einen deutschen Ausweis mit Namen und Adresse auf Italienisch vor Augen zu haben, aber er sagt nichts dazu.

Mittlerweile hat die Frau ihre Untersuchung des Tascheninhalts beendet und deutet mit einem Kopfschütteln und Schulterzucken an, dass nichts Belastendes dabei herausgekommen ist, gibt die Tasche zurück und schaut betont selbstsicher, in Wirklichkeit aber verlegen, zur Seite über die Wiese ins Leere.

Vom Nachbarhaus kommt jetzt ein älteres Ehepaar heran. Sie versuchen nicht, ihre Neugier zu verbergen, beeilen sich, um noch etwas von der Festnahme mitzubekommen – sie müssen die Polizei alarmiert haben, weil ihnen offene Fenster oder der Roller vor dem Haus aufgefallen sind. Chiara ruft ihnen zu: »Wenn Sie gute Nachbarn wären, wüssten Sie, dass hier jemand sauber macht.«

Die Leute schauen indigniert weg und beschleunigen ihre Schritte wieder, um wie ganz normale Spaziergänger zu wirken. Die Polizistin spricht sie dennoch an: »Haben Sie angerufen?«

»Ja«, sagt die Frau, während der Mann aussieht, als wolle er im Erdboden versinken.

»Danke«, sagt die Polizistin. Nichts weiter. Die Herrschaften sind entlassen.

Der Polizist hat sich inzwischen ins Auto gesetzt, hält sich Chiaras Ausweis vor die Nase und telefoniert. Sie hat ihre Tasche wieder und nimmt sich eine Zigarette, ihr Feuerzeug, ein billiges gelbes, durchsichtiges, das blinkt, wenn man es benutzt. Sie zündet die Zigarette an, obwohl sie weiß, dass das schuldbewusst aussieht.

Endlich steigt der Polizist wieder aus, sagt: »Alles in Ordnung so weit«, gibt ihr den Ausweis, und bevor sie sich fragen kann, was er mit »so weit« meinen könnte, sagt er noch: »Wo wohnen Sie?«

»Bei meiner Freundin Leonie Wildenhain im Amselweg. Ich bin zu Besuch hier.«

»Aber Sie arbeiten doch«, sagt die Frau, die sich offenbar noch immer profilieren will.

»Ja und?«

»Schon gut.« Der Polizist hat genug. »Entschuldigen Sie bitte, dass wir Sie behelligt haben. Hier im Ort wird manchmal eingebrochen, und wir müssen solchen Anrufen natürlich nachgehen.«

»Klar«, sagt Chiara, ignoriert die Frau, lächelt dem Mann zu, setzt ihren Helm auf und startet den Roller, noch bevor die beiden in ihrem Auto sitzen, fährt an ihnen vorbei, an dem alten Ehepaar, das seinen Scheinspaziergang jetzt beendet hat und zurück zum Haus strebt, und biegt mit vor lauter Ärger etwas zu großem Schwung um die Kurve.

Als sie das Ausbrechen des Rollers abfängt und ohne Gas bergab rollt, fällt ihr ein, dass die CD, die sie zum Nasswischen eingelegt hat, *Revolver* von den Beatles, noch immer im CD-Player liegt, die Hülle leer in der Schublade, in der alle CDs verstaut sind. Das ist kein Drama, aber es verträgt sich nicht mit Chiaras Wunsch, zumindest in dieser Wohnung perfekt zu sein.

Der Herr Vorden wird vielleicht denken, er habe sie selbst im Player vergessen, aber vielleicht auch nicht. Er ist sehr ordentlich, eher sogar zwanghaft, er ist der Typ, der die Gewürzdöschen mit dem Schild nach vorn abstellt, die Bücherreihen im Regal mit der Handkante begradigt und auf jeden Fall eine CD nach dem Hören wieder in die Hülle legt.

Einen Moment überlegt sie, ob sie zurückfahren und den Fehler korrigieren soll, aber dann müsste sie noch einmal an den Polizisten vorbei, und darauf hat sie keine Lust. Es sähe vielleicht aus, als wollte sie irgendwelche Spuren verwischen.

~

Revolver war ein Lieblingsalbum von Chiaras Mutter. Abwechselnd mit *Pearl* von Janis Joplin und *Disraeli Gears* von Cream lief es mindestens einmal die Woche in Chiaras Kindheit so laut, dass man fürchtete, die Nachbarn würden einschreiten, was aber wundersamerweise nie geschah, denn sie mochten Chiaras Mutter und verziehen ihr die hippiehaften Anwandlungen.

In dem kleinen schwäbischen Dorf nahe Sindelfingen, dessen Fachwerkfassaden damals gerade wieder freigelegt wurden, wenn sie nicht klotzigen Waschbetonbauten gewichen waren, wohnten sie zwischen Bäckerei und Heißmangel in einem Haus mit vier Zimmern und Balkon, von dem aus man den Marktplatz sehen konnte, wenn man sich ziemlich weit übers Geländer lehnte.

Gianluca, ihr Vater, arbeitete »beim Daimler«, und ihre Mutter Evelyn, die im Dorf geboren worden war und von allen Evi genannt wurde, war Hebamme gewesen, bis Chiara kam und ein Jahr darauf ihr Bruder Andrea, den man in der Öffentlichkeit Andreas nennen musste, weil sein Name hierzulande für Mädchen reserviert war.

In den Achtzigerjahren mit ihren Friedensmärschen, Fußgängerzonen und Dritte-Welt-Läden war das Misstrauen gegenüber Fremden ebenso Vergangenheit wie die Eternitplatten an den Hauswänden oder Vorbehalte gegen eine Ehe mit einem »Katholischen«, und Chiara, die von allen nur Kiki genannt wurde, hatte Freundinnen, fühlte sich wohl, empfand sich als Schwäbin, obwohl sie mühelos Italienisch mit ihrem Vater und seiner manchmal zu Besuch kommenden Verwandtschaft sprach, aber das Kindheitsidyll zerriss, als Evi der Familie eröffnete, sie gehe nach Indien in einen Aschram, die Kinder seien groß genug, um auf sich selbst aufzupassen, und jetzt sei eben sie mal dran, sich zu verwirklichen und ihrem Leben eine neue spirituelle Tiefe zu geben.

Der Vater hatte mit zuerst eisigem Gesicht, dann immer röter und erregter gefragt, wer der Kerl sei, die Mutter hatte weiter von Spiritualität und Suche und Erweiterung ihres Selbst geredet, Andrea und Chiara hatten zugehört und zugeschaut, ohne recht zu wissen, was sie fühlten, wie lange ihre Mutter wegbleiben wollte, was sie mit spiritueller Tiefe meinte und ob man sich nun auf die sturmfreie Bude freuen oder Angst um die Mutter haben sollte, die vielleicht in Indien verloren gehen würde.

Natürlich steckte ein Kerl dahinter, ein Zahnarzt, der sich die Auszeit leisten konnte und Evi mit seinen blauen Augen schon seit Monaten zum Träumen gebracht hatte.

Chiara war zwölf und Andrea elf, als ihr Vater eine Stelle in der Mercedes-Werkstatt in Rom antrat und sie mit Sack und Pack und *Revolver*, *Pearl* und *Disreali Gears* dorthin zogen.

Als Evi eineinhalb Jahre später in roten Gewändern und mit einem Punkt auf der Stirn zurückkam, wurde sie wieder Hebamme, aber sie blieb nicht im Dorf, weil man ihr nicht verzieh, dass sie ihre Kinder im Stich gelassen hatte. Sie zog nach Ludwigsburg in eine Osho-Wohngemeinschaft, die sich aber bald auflöste und die Wohnung Evi und einer Sozialpädagogin überließ.

Gianluca hatte nie die Scheidung angestrebt, dafür war er zu katholisch, und nach einiger Zeit kam Evi in das kleine Dorf bei Rom zu Besuch, blieb manchmal eine Woche, manchmal auch zwei, und schaffte es, ihren Kindern eine Art Freundin zu werden. Eine Mutter wollten sie nicht mehr. Das war vorbei.

~

Vor Leonies Haus sitzt Markus und raucht. Chiara verspürt den Impuls, einfach weiterzufahren, zu winken und ihm irgendeine Ausrede zuzurufen, weshalb sie auf keinen Fall absteigen und mit ihm reden könne, aber das wäre lächerlich – die Straße ist eine Sackgasse, und eine glaubwürdige Ausrede gibt es nicht. Sie bremst, steigt vom Roller und macht den Motor aus.

»Hi«, sagt Markus.

»Schon Feierabend?« Chiara weiß, dass das eine blöde Frage ist – er säße nicht hier, wenn er nicht Feierabend hätte, aber alles scheint ihr besser als ein Hi, und auf Hallo ist sie einfach nicht gekommen.

Markus ist Schreiner. Und er ist Leonies Freund. Und er ist Chiara nicht willkommen. Sie mag ihn nicht. Er sieht aus wie Johnny Depp, ist höflich und nett, es gibt nichts, was sie ihm vorwerfen könnte, aber sie mag ihn nicht.

»Komm rein«, sagt sie, als der Roller abgeschlossen ist, immerhin ist das fast auch sein Haus – es wäre nicht in Ordnung, ihn hier draußen abzufertigen, obwohl sie sich aufs Alleinsein gefreut hat, auf ihr Abendritual. Essen, Tee, Lesen und die Müdigkeit in den Gliedern spüren.

»Ich mach Tee«, sagt sie, »willst du auch?«

»Ein Glas Wasser tut's für mich«, sagt er, »falls du kein Bier dahast«, und öffnet den Kühlschrank. Sie stellt ihm ein Glas hin und beherrscht sich, ihm diesen selbstverständlichen Griff in den Kühlschrank nicht übel zu nehmen. Und diese geschmacklosen, kindischen Cowboystiefel, die er trägt.

»Hörst du was von Leo?«, fragt er, schenkt sich ein, zieht einen Stuhl unterm Tisch hervor und setzt sich.

»In den letzten paar Tagen nicht, wieso?«

»Ich hör seit drei Wochen nichts. Sie antwortet nicht auf meine Mails, das macht mich, ehrlich gesagt, verrückt. Ich weiß nicht, ob's ihr gut geht, ich weiß nicht, was sie macht, ich kriege so ein ungutes Gefühl langsam, aber sicher.«

»Am Freitag ging's ihr aber noch gut. Um sie musst du dir sicher keine Sorgen machen.« Chiara hört selbst, was in diesem Satz steckt, nämlich die Botschaft, dass Leonie ihn offensichtlich nicht mehr auf der Prioritätenliste hat, aber jetzt ist es zu spät – sie hat ihn schon ausgesprochen.

»Wenn du sie erreichst, sagst du ihr bitte, sie soll sich mal bei mir melden, ja?«

»Mach ich«, sagt Chiara und hat ein schlechtes Gewissen, weil er ihr nicht leidtut.

Um nicht in einem Beziehungsratgebergespräch zu landen, erzählt sie von der Polizeikontrolle, der peinlichen Situation, den eifrigen Nachbarn, und er lässt sich den Polizisten beschreiben und erklärt, den kenne er vom Bund, dann fragt er, ob Chiara mal Lust hätte, Kegeln oder eine Pizza essen zu gehen, sie erklärt sich für unsportlich und behauptet, Pizza hinge ihr zum Hals raus, und endlich, nach einer ziemlich zähen Viertelstunde, steht er auf und verabschiedet sich.

Er schreibt ihr noch seine Handynummer auf, damit sie ihm Bescheid geben könne, wenn sie was von Leonie höre, dann ist er tatsächlich verschwunden, und Chiara braucht eine Weile, um sich im Haus wieder wohlzufühlen.

Alles ist hier noch wie zu der Zeit, als Leonies Mutter lebte, sogar die Bilder an den Wänden, Boote, Sonnenblumen und die *Zugbrücke* von van Gogh, die Bücher im Regal und ein chinesischer Teppich. Leonie hat nach dem Tod ihrer Mutter alles gewaschen, Vorhänge, Tischdecken, Kissenbezüge, dann Sofa, Sessel, Teppich mit dem Dampfreiniger bearbeitet, Kühlschrank, Küchenschränke und Regal ausgeräumt und gründlich geputzt und schließlich alles wieder so hingestellt, wie es war. Ob sie ein Museum zum Andenken an ihre Mutter haben wollte oder ob ihr in den zwei Jahren, die sie hier gewohnt hatte, um die Kranke zu versorgen, alles so ans Herz gewachsen war, dass sich nichts daran ändern sollte, weiß Chiara nicht. Sie hat nicht gefragt.

Vielleicht ist es auch Ausdruck von Leonies Freiheitsdrang, dass sie sich kein eigenes Nest gebaut und außer dem Inhalt des Kleiderschranks, einem Laptop auf dem Couchtisch und einem Toaster keine Spuren gelegt hat. Vielleicht will sie sich selbst damit überreden, dieses Haus nicht als Eigentum anzusehen, sich nicht daran binden, keine Verantwortung dafür übernehmen.

Wie auch immer, Chiara fühlt sich wohl. Die Mutter hatte Geschmack, und das Häuschen ist ein Ort, an dem es sich leben lässt.

Um die atmosphärischen Reste von Markus' Gegenwart zu neutralisieren, legt sie eine CD ein. *Terra di nessuno* von Francesco De Gregori. Sie dreht auf, so laut, dass sie das Teewasser im Auge behalten muss, denn sie wird weder dessen Sprudeln noch das Klacken des Schnellkochers beim Abschalten hören. Sie lässt sich umarmen vom weichen Klang und subtilen Drive des ersten Stücks *Il canto delle sirene* und fühlt sich wie immer in dieser Musik zu Hause. Wie ein leichter, aber warmer Mantel legt sich das Lied um ihren Körper, und in manchen Momenten glaubt Chiara, die Textur der Klänge zu spüren, so als streiften sie ihre Haut.

Sie war ein Kind, als sie diese Musik zum ersten Mal hörte. Ihr Vater hatte die Platte aus Italien mitgebracht und manchmal nach der Arbeit, so wie sie jetzt, laut gehört. Auch ihm nahmen es die Nachbarn nicht übel, denn es kam nur selten vor, und sie hatten ihn ebenfalls gern, weil er ihnen alles reparierte. Den Rasenmäher, das Fahrrad und den Staubsauger. Und sein breites Schwäbisch mit italienischem Einschlag amüsierte sie. Sie konnten davon nicht genug bekommen und fragten ihn extra alles Mögliche, nur um ihn reden zu hören.

Eigentlich würde Chiara jetzt gern eine Zigarette rauchen, aber dazu müsste sie nach draußen, weil Leonie im Haus keinen Rauch haben will, dann könnte sie aber nicht die Musik so laut haben, das geht nur bei geschlossenen Fenstern und Türen, also wartet sie das Ende des Liedes ab, bevor sie leiser dreht, nimmt derweil einen Teebeutel aus der Packung, hängt ihn in den Porzellanbecher und gießt das sprudelnde Wasser darüber. Bevor sie auf die kleine Terrasse geht, stoppt sie die CD und schaltet die Anlage aus, denn *Pilota di guerra*, das zweite Lied, ist zu schön, um so nebenherzuplätschern. Sie kennt dieses Album länger als zwanzig Jahre und schwelgt noch immer darin, wenn sie es hört. Dass es überhaupt hier im Haus ist, liegt daran, dass sie Leonie vor acht Jahren in Rom zu einem Konzert mitgenommen hat, worauf die so Feuer fing, dass sie jedes erhältliche Album auf CD kaufte und sich von Chiara alle folgenden schicken ließ, als sie wieder in Deutschland wohnte.

~

Chiara war damals zweiundzwanzig und arbeitete als Zimmermädchen im Hotel Portoghesi nahe der Piazza Navona. Sie wollte Geld verdienen für eine Reise nach

Chile, und eine der Cousinen ihres Vaters hatte sie für diesen Job empfohlen.

Weil sie Deutsch konnte, sollte sie die Neue einweisen, die für zwei Monate hier arbeiten würde, um damit ihren Aufenthalt zu finanzieren. Leonie war schon fast dreißig, und es war für Chiara seltsam, einer Älteren Anweisungen zu geben, aber Leonie machte sich nichts daraus, war anstellig und anhänglich, denn sie konnte Chiara nach jedem unverstandenen Wort und jeder rätselhaften Wendung fragen und sich damit in dem Italienischkurs hervortun, den sie viermal in der Woche nachmittags besuchte.

Nach ein paar Tagen waren sie Freundinnen geworden und brachten einander das Wichtige bei. Chiara Leonie Italienisch und Leonie Chiara alles, was Sex interessant machen würde. Sie war nicht nur wegen der Sprache nach Rom gekommen, sondern wollte es auch »krachen lassen«, wie sie es nannte, hatte immer Kondome in verschiedenen Größen dabei und genoss es, wenn sich Männer noch in der altmodischen Sitte des Nachpfeifens auskannten.

Die beiden dunkelhaarigen Frauen gingen abends Arm in Arm die Via del Babuino rauf und runter, Chiara, weil sie die Passeggiata gewohnt war und liebte, Leonie, weil sie das als, direkt nach dem Essen, italienischste aller Beschäftigungen ansah.

Auf diesen Spaziergängen wusste die schüchterne Chiara oft nicht, wohin mit ihrer Verlegenheit, wenn Leonie sich keine Anbahnung entgehen ließ und jeden Mann, der frech genug war, sie anzugrinsen oder anzusprechen, in Betracht zog, taxierte und dann oft entweder mit sich in den Dienstbotentrakt des Hotels nahm oder sich von ihm in sein Quartier entführen ließ.

Einmal schaffte es Leonie sogar, Chiara zu einer Ménage- à-trois zu überreden mit einem hübschen und fröhlichen Frankokanadier namens Martin, aber das war dann nur peinlich und endete zum Glück in Gelächter und einem kleinen Trinkgelage im Zimmer des jungen Mannes.

Das Ausziehen und Einanderanschauen war noch aufregend gewesen, das vorsichtige, tastende Streicheln und Küssen auch, aber dann geriet das Ganze irgendwie aus der Form. Immer wenn Martin mit Leonie beschäftigt war, wusste Chiara nicht, was sie tun sollte. Lesbisches Herumstreicheln an Leonie kam nicht infrage, irgendwie an ihm herumzumachen ebenso wenig, Chiara sah sich auf einmal aus irritierender Distanz, wie von oben, als fünftes Rad am Wagen oder Bittstellerin in der Warteschleife, und bevor sich der Ärger über diese zwar auch irgendwie exquisite, aber vor allem alberne Situation allzu breitmachen konnte, zog sie ihre Sachen an und sagte: »Ich geh was trinken.«

»Wieso das denn?«, fragte Leonie zwischen zwei stöhnenden Atemzügen.

»Ein halber Mann reicht mir nicht«, sagte Chiara.

»Half a man?«, fragte der Kanadier, denn er verstand gerade so viel Deutsch, dass er ihrem Wortwechsel folgen konnte. »I'm a giant in my mind.«

»But outside there's reality«, sagte Chiara, »una cosa differente.«

Jetzt musste er lachen, steckte Leonie damit an, und die Orgie war mangels Ernsthaftigkeit abgesagt. Sie zogen sich an, leerten zuerst die Minibar und rauchten und redeten in drei Sprachen durcheinander, dann gingen sie nach draußen, tranken einen Aperitif auf der Piazza Rotonda, aßen später Stracciatella und Carpaccio in der Nähe des Campo dei Fiori, und Leonie zog schließlich allein mit Martin los, als Chiara ins Hotel zurückging, um zu lesen.

»Du musst echt noch viel lernen«, sagte Leonie am nächsten Morgen beim Frühstück.

»Was denn?«, fragte Chiara leise, obwohl die anderen Angestellten kein Deutsch verstanden.

»An dir herumzuspielen zum Beispiel. Das gehört sich so beim flotten Dreier.«

»Doch nicht vor Publikum.«

»Das üben wir noch«, sagte Leonie.

»Ohne mich«, sagte Chiara, und das Thema kam nie mehr zur Sprache.

~

Sie hat Hunger, aber keine Lust, sich etwas zu kochen, deshalb schaut sie eine Weile ratlos in den Kühlschrank, weil sie darin nichts findet, was sie einfach so auf den Teller legen könnte. Also setzt sie eben doch Wasser auf für Linguine, die sie mit Petersilie, Öl und einer halben Chilischote untermischen und essen kann, ohne den Blick vom Buch wenden zu müssen. Das Wasser kocht noch nicht, als das Telefon eine SMS ankündigt. Facebook steht da nur unter Leonies Namen und Handynummer. Chiara stellt das Pastawasser wieder aus, schaltet den Laptop ein und schneidet sich eine Scheibe Brot ab, die sie trocken isst, bis der Computer hochgefahren ist.

Sie meldet sich an mit ihrem neuen Profil *Kiki Man*, in dem sie nur mit Leonie befreundet ist. Das alte, das mit ihrem richtigen Namen, hat sie, wie auch ihren E-Mail-Account, nicht mehr angesehen, seit sie aus Castelnuovo geflohen ist.

Das Nachrichtenfenster mit Leonies Namen ist schon offen, und in der Sprechblase steht: Na?

Dein Typ war gerade hier, schreibt Chiara.

Leonie: Baggert er dich an?

Chiara: In Maßen. Er macht sich Sorgen, weil er nichts von dir hört.

Leonie: Ich bin derzeit nicht so fixiert auf ihn.

Chiara: Willst du Schluss machen?

Leonie: Ja. Und nicht nur das.

Chiara: Was denn noch?

Leonie: Hierbleiben. Brooklyn.

Chiara: Was heißt hierbleiben? Noch eine Woche, noch einen Monat? Noch ein Jahr?

Leonie: Jetzt gerade glaube ich: noch ein Leben.

Chiara nimmt sich ihre Zigaretten und den Laptop und geht nach draußen. Sie setzt sich so, dass der Bildschirm nicht spiegelt, steht noch einmal auf, um den Tee zu holen, zündet sich eine Zigarette an, nimmt einen Schluck Tee und tippt: Und dein Job? Und dein Häuschen? Dein Leben hier?

Leonie: Ich wusste nicht, dass ich nach dem richtigen Ort gesucht habe, ich weiß das erst jetzt, weil ich ihn zufällig gefunden habe. Auf einmal ist alles rund und ganz, was vorher nur so irgendwie zackig und halb war. Ich habe das Gefühl, ich atme viel tiefer ein als jemals zuvor. Kennst du das?

Chiara: Vielleicht. Weiß nicht. Doch. Hier fühl ich mich auch, als wär's der richtige Platz für mich. Und in der Wohnung von Herrn Vorden.

Leonie: Kannst du bleiben? Kannst du meine Leute einfach weiter versorgen? Und aufs Haus aufpassen? Vielleicht bis Ende des Jahres? Dann weiß ich, ob ich bleibe, ob ich das Haus halten kann, ob ich vielleicht Miete von dir haben muss und so was alles.

Chiara: Und jetzt willst du keine Miete?

Leonie: Nein. Vielleicht könntest du mir was für Strom und Gas und Wasser aufs Konto überweisen, aber Miete erst mal nicht. Du hütest ja das Haus für mich.

Chiara: Muss nachdenken.

Leonie: Tu das. Mir wär's ein großer Gefallen, und wenn du deine Auszeit verlängern kannst und dich wohlfühlst, hab ich kein schlechtes Gewissen, weil ich meine Leute hängen lasse.

Chiara: Die Polizei war heute vor der Wohnung von Vorden und hat mich kontrolliert. Irgendwelche Nachbarn dachten wohl, ich breche ein.

Leonie: Kotz.

Chiara: Schwarz oder angemeldet?

Leonie: Alle schwarz. Aber dafür wäre der Zoll zuständig. Der Polizei ist das egal.

Chiara: Und wenn nicht?

Leonie: Dann wälzt du alles auf mich ab, und ich bin weit weg. Du hast nur Vertretung gemacht und weißt von nix.

Chiara: Was willst du machen in Brooklyn?

Leonie: Greencard beantragen und Job suchen. Fleißig sein, reich werden, so was in der Art.

Chiara: Morgen?

Leonie: Was morgen?

Chiara: Sag ich dir Bescheid, ob ich bleiben kann.

Leonie: Bitte sag Ja. Meine Putzbefohlenen werden's dir danken.

Chiara: Morgen. Danke fürs Vertrauen.

Leonie: Bis dann. Selbe Zeit?

Chiara: Ja.

Leonie: Ciao.

Chiara: Dito.

~

Sie schneidet sich noch zwei Scheiben Brot ab, die sie in Olivenöl tunkt, denn jetzt wird sie definitiv nichts mehr kochen. Den Computer hat sie wieder ausgeschaltet, und nachdem sie ihr frugales Essen verzehrt hat, sitzt sie einfach da und lässt sich die Abendsonne ins Gesicht scheinen, bis der Schatten sie erreicht.

Sie spürt ihre Muskeln. Sieben Stunden waren es heute, fast drei davon Fensterputzen unter erschwerten Bedingungen. Die Frau redet an einem Stück. Sie ist geschieden, Mitte vierzig, ohne Geldsorgen, aber dafür voller Wut und Enttäuschung, die sie nur am Wochenende an ihren beiden erwachsenen Söhnen auslassen kann und den Rest der Zeit in sich hineinfrisst. Außer dienstagvormittags, wenn Chiara ihr zuhören muss.

Das ist eigentlich eine Putztherapie, unterbezahlt, denkt Chiara jedes Mal, wenn sie erschöpft endlich die Tür hinter sich schließen darf und den gallenbitteren Dauersermon nicht mehr hören muss.

Es wird schnell kühl. Die Sonne wärmt noch nicht so, dass Boden und Wände etwas davon abstrahlen könnten. Es reicht für die Seele und die überall sprießende Vegetation. Zu Hause wäre das jetzt schon anders, man käme abends um neun noch nicht auf die Idee, eine Jacke anzuziehen.

~

Zu Hause. Chiara hat kein Heimweh, aber an Castelnuovo zu denken macht sie dennoch traurig. Sie sollte sich bei ihrem Vater melden, aber seit drei Wochen schiebt sie das schon vor sich her. Am Tag ihrer überstürzten Flucht hat sie ihm einen Zettel neben den Topf mit Minestrone gelegt, den er gelesen haben muss, als er von der Arbeit kam: *Papa, es tut mir wahnsinnig leid, dass ich einfach so abhaue, aber ich kann nicht hierbleiben. Und es tut mir noch viel mehr leid, dass ich dich so in Verlegenheit bringe, aber jetzt ist es passiert, und ich weiß mir nicht anders zu helfen, ich muss weg. Ich melde mich bei dir, wenn ich mich nicht mehr so schäme. Bitte verzeih mir. Ich liebe dich, Chiara.*

Sie geht ins Haus, schließt die Terrassentür und dreht die Heizung auf. Lesen kann sie jetzt nicht, dazu schwirrt ihr zu viel im Kopf herum, Leonies Angebot, hierzubleiben, die Polizei vor Vordens Haus, die Geschichte im Dorf, derentwegen sie alles hat stehen und liegen lassen, aber darüber will sie auf keinen Fall nachdenken, deshalb schaltet sie den Fernseher an und lässt sich zuerst von einer deutschen Serie berieseln, dann von einem amerikanischen Krimi, dann von einem Porträt über die Rolling Stones, das sie beim Zappen entdeckt hat, und als kein Tee mehr da ist, sie sich ein kleines Glas Wein aus der noch halb vollen Flasche eingeschenkt und ausgetrunken hat und ihr endlich die Augen zufallen, geht sie ins Bett und weiß, dass sie morgen, wenn der Wecker klingelt, müde sein wird. Das mit den Stones war dumm.

2

Sie muss über Nacht entschieden haben. Sie wird hierbleiben. Als die Espressomaschine aufgeheizt ist und sie sich ein Brot mit gesalzener Butter und Orangenmarmelade gerichtet hat, Milch aufschäumt und dem Kaffeegetröpfel zuschaut, nimmt sie sich vor, Leonies Wohnung im Laufe der Zeit zum Glänzen zu bringen. Sie wird die Bücher abstauben, die angestoßenen Regalbretter neu streichen, die Blätter aus den Dachrinnen holen und den Garten in Schuss halten. Wenn Leonie zurückkommt, soll sie sehen, dass es sich gelohnt hat, Chiara zu vertrauen – ihr Nest soll warm und sauber sein, und Chiara wird sich dann ohne Bedauern von hier losreißen. Das nimmt sie sich fest vor. Wann immer das sein mag.

~

Die alte Dame hat ihr Krankenhausintermezzo gut überstanden und lässt es sich auch diesmal nicht nehmen, beim Putzen mitzuhelfen. Chiara macht Küche und Bad, während Frau Jensen den Staubsauger durch die Zimmer schiebt und die Fensterbänke, das Sideboard, Kommode und Nachttisch abstaubt. Sie sind ein eingespieltes Team, und nach eineinhalb Stunden fährt Chiara schon los, um den Einkauf zu erledigen. Auf der Fahrt mit dem nach und nach voll bepackten Roller, in dessen Kasten Brot und kleinere Dinge wie Käse, Schinken, zwei Putenschnitzel und eine Dose Sonnenblumenöl passen und auf dessen Trittbrett Milch und Glasreiniger, eine Gurke, Tomaten und zwei Lauchstangen in einer Plastiktüte stehen, fühlt sich Chiara sehr italienisch. In Castelnuovo hat sie zwar einen Golf und keinen Roller, aber viele fahren dort noch so beladen herum – hier sieht man das kaum. Wer hier einen Roller fährt, muss nichts damit transportieren. Zum Glück bekommt Frau Jensen ihre Getränke von einem Lieferservice, sonst wäre das mit einer Rollerfahrt pro Woche nicht zu machen. Auf dem Heimweg winkt ihr Markus aus einem weißen Kleintransporter zu, und Chiara fühlt sich verfolgt.

Nachdem sie alles abgeliefert und ihren Lohn kassiert hat, fährt sie fast dieselbe Strecke noch einmal, um ihre eigenen Einkäufe zu machen. Für solche Fälle wäre der Golf praktisch, aber aus irgendeinem Grund hat sie ihn stehen lassen und ist in den Bus nach Rom gestiegen. Erst dort kam sie auf die Idee, sich bei Leonie zu melden, die sofort Feuer und Flamme war und ihren Flug nach New York buchte.

Der Nachmittag vergeht wie von selbst, weil Chiara die Wohnung einer Frau putzt, die in der Schweiz arbeitet und den Schlüssel bei einer Nachbarin hinterlegt, sodass niemand Chiaras Rhythmus durcheinanderbringt und sie, wie bei Herrn Vorden, einfach geradeaus arbeiten kann, ohne sich andauernd irgendwie zum Text der Bewohnerin verhalten oder deren kleine Kinder, wie freitagnachmittags, gleich mit hüten oder sich über Italien ausfragen lassen zu müssen wie donnerstagmorgens bei einem sehr netten älteren Herrn, der, höflich, aber zudringlich, von den Schilderungen ihres Dorflebens nicht genug kriegen kann.

~

Aus dem Regen, der pünktlich zum Nachhausefahren einsetzt, wird Hagel, und sie muss sich in einem Hauseingang unterstellen, bis keine daumennagelgroßen Körner mehr herunterprasseln. Den Roller lässt sie stehen und schließt ihn ab, weil die Straße mit dem weißen Murmelpelz überzogen und vorläufig nicht befahrbar ist. Sie wird ihn später holen.

Während sie im Hauseingang steht, hört sie jemanden hinter der Tür. In Castelnuovo wäre die Tür aufgegangen, und man hätte sie hereingebeten, ihr einen Kaffee angeboten oder ein Handtuch oder einen Schirm.

Zu Hause angekommen, ist sie so durchnässt, dass sie sich ein Bad einlaufen lässt und eine halbe Stunde lang nichts tut, als die Wärme an ihrer Haut zu genießen und dem fetten Rauschen des Regens zu lauschen.

Falls ich ein Lebensziel habe, denkt sie, dann ist es eine eigene Badewanne. In ihrer schwäbischen Kindheit gab es eine, in Castelnuovo nicht. Die alte mit den Löwenfüßen war der Renovierung vor dem Einzug der Familie zum Opfer gefallen und durch eine Duschkabine ersetzt worden – das faule Liegen im warmen Wasser ist für Chiara seither ein Luxustraum, etwas, das andere Leute tun.

~

Ich mach das, ich bleib hier, schreibt sie ins Chat-Fenster bei Facebook, und Leonie antwortet mit einer Kette von Smileys und Herzchen.

Chiara: Mir gefällt's in deinem Leben.

Leonie: Und mir erst.

Chiara: Ich meine aber dein hiesiges Leben.

Leonie: Schon klar. Wieso musstest du eigentlich so Hals über Kopf abhauen?

Chiara: Erzähl ich dir ein andermal. Ist peinlich.

Leonie: Du kennst mich doch, mir ist überhaupt nichts peinlich.

Chiara: Dir nicht. Mir schon.

Leonie: Na gut. Wie du willst. Wann du willst.

Chiara: Und? Wie läuft's?

Leonie: Ich hab vielleicht einen Job. In einem Café an der 5th. Entscheidet sich heute Abend.

Chiara: Hier ist schon Abend.

Leonie: Hier Mittag.

Chiara: Hast du Markus Bescheid gesagt?

Leonie: Nein.

Chiara: Tu's.

Leonie: Ja.

Chiara: Jetzt.

Leonie: Okay. Drück mir die Daumen, dass es mit dem Job was wird.

Chiara: Mach ich. Ciao.

Leonie: Ciao.

~

Chiara macht sich eine Minestrone. So viel, dass sie morgen noch davon essen kann. Und am Freitag wird sie sich Kartoffelsalat machen – mal schwäbisch und mal italienisch – am Sonntag wird sie sich was Richtiges kochen, vielleicht Bruschetta, Fisch und Salat. Sie hat eine Routine entwickelt, die ihr wohltut. Von Montag bis Freitag minimales Mittagessen, danach eine Stunde Schlaf, dann einen Espresso oder auch zwei, abends praktisches, am besten schon vorgekochtes Essen, Samstag einkaufen, die eigene Wohnung putzen und Sonntag gut kochen. So als käme ein Gast vorbei.

Außer Markus gestern Abend hat ihr bis jetzt noch niemand die Luft hier drin weggeatmet, und das ist gut so. Chiara hat keine Lust mehr auf Menschen und erst recht nicht auf einen Mann. Sie kann sich nicht vorstellen, je wieder einen zu wollen.

Sie liest Zeitung online, während sie isst, dann setzt sie sich in den Sessel und schlägt das vor drei Tagen angefangene Buch auf. Es ist dick, und sie ist erst vierzig Seiten weit gekommen, aber es ist gut, sie wird es zu Ende lesen. *Abspann*, die Geschichte eines Drehbuchschreibers in Hollywood, der in Alkohol und Sarkasmus ertrinkt. Leonies Mutter war eine Leserin, im Regal stehen sicher tausend Bücher – Chiara kann es lange hier aushalten.

Heute ist allerdings nicht der Tag, ihre Augen erfassen nur Worte, aus denen keine Bilder und Gefühle entstehen, also legt sie das Buch zur Seite und beschließt, morgen Stifte, Farben, Pinsel und Papier zu kaufen. Die hat sie bei ihrer Flucht vergessen.

~

Nach dem Studium in Stuttgart war sie mit ihrer Mappe voller Illustrationen von Verlag zu Verlag gewandert und hatte mit der Unterstützung ihres Professors auch Aufträge bekommen, aber von den Honoraren für Kinderbücher kann man nur entweder die Miete bezahlen oder sich Essen und ein Smartphone leisten, also zog sie nach Castelnuovo zurück und richtete sich das Zimmer ihres Bruders als Atelier ein. Andrea hatte nichts dagegen, er war nach Modena gezogen und arbeitete als Karosseriebauer. Ihr Vater war glücklich, abends nach der Arbeit zu ihr nach Hause kommen zu können, und sie fühlte sich wohl in dem kleinen Dorf, in dem fast nur noch alte Leute lebten, weil die jungen immer gleich nach der Schule wegzogen.

Eine Zeit lang schien es, als gelinge ihr eine Karriere, sie gewann einen Preis, und ihre Illustrationen wurden hier und da gelobt, aber die Aufträge aus Deutschland nahmen ab, und in Italien bekam sie, vielleicht wegen des fehlenden Stallgeruchs, kein Bein auf den Boden.

Sie zeichnete CD-Cover für den Schulchor, Briefköpfe, Logos und Speisekarten für eine kleine römische Agentur, aber die Einnahmen waren so mickrig, dass sie bald ihrem Vater auf der Tasche lag. Und weil das für sie nicht infrage kam, obwohl er sich nie darüber beklagte, übernahm sie, als die Gelegenheit sich bot, den Job der Zeitungsausträgerin von der alten Gemma, die in Rente ging, dann zusätzlich, von Mai bis Oktober, den Kiosk am Schwimmbad von deren Tochter, als die ihr zweites Kind bekam, und half den Winter über im Café an der Piazza Piave aus, wenn die Besitzerin auf Gomera war.

Im Schwimmbad, letzten September, stand auf einmal Saverio vor ihr, ein etwas pummeliger Mann in teurer Badehose und mit orangen Crocs, mit dem sie nach wenigen Tagen in einer Affäre landete, von deren verspielten Einzelheiten sogar Leonie rote Ohren bekäme. Wenn Chiara so indiskret wäre, sie auszuplaudern. Saverios entspanntes Selbstbewusstsein und sein Humor wirkten auf Chiara wie eine Droge, und sie traute sich Dinge, die sie in keiner Erotikschnulze akzeptiert hätte.

Er war Architekt und leitete den Umbau des Supermarkts, wohnte die Woche über im Hotel Francalancia und fand immer neue Plätze für die Liebe. Auf der Baustelle im zweiten Stock auf einem Tapeziertisch mit Blick von der Galerie auf die bizarre, vom diffusen Licht der Straßenlampen erhellte Szenerie des entkernten und mit Werkzeug, Maschinen und Material vollgestellten Innenraums, am Balkongeländer vor seinem Hotelzimmer in einer sternklaren Nacht, auf dem Kofferraum seines Alfa, in der Waschbox einer geschlossenen Tankstelle, im Führerhaus des Krans, auf einem Baumstumpf im Wald, an dessen Textur auf der Haut ihres Hinterns sich Chiara mit Gänsehaut erinnert – fast glatt, nur von feinen, regelmäßigen Rillen durchzogen. Der herbe Geruch des frisch geschnittenen Holzes mischte sich mit dem faulig-süßen des Laubs und der Pilze, und das Mondlicht ließ die Blätter einer Pappel immer wieder blinken wie Taschenlampen unzähliger zwergenkleiner Beobachter ihres Treibens.

Im Führerhaus des Krans, den Blick auf die nächtliche Weite über die Wälder bis zu den Lichtern Roms hinunter gerichtet, schrie Chiara zum ersten Mal in ihrem Leben beim Orgasmus. Nicht sehr laut, es schien Saverio nicht zu beunruhigen, obwohl in den Häusern an der Straße Leute wohnten. Der Orgasmus war so überwältigend gewesen, dass Chiara lange zögerte, die Leiter hinunterzuklettern. Sie traute ihren Beinen nicht. Erst als die Fenster des Führerhauses nicht mehr beschlagen waren, wagte sie den Abstieg.

Saverio war nie laut und nie vulgär, sein Ton war immer höflich und stilvoll, und der Sex mit ihm schien nie etwas mit Unterwerfung zu tun zu haben, zumindest nicht mit Chiaras Unterwerfung. Sie fühlte sich erhoben und vergöttert, obwohl sie sich ihm überließ wie nie einem Mann zuvor und Dinge tat, die jeden Pornofilm geschmückt hätten. Sie war sozusagen Wachs in seinen Händen, obwohl er sich nicht im Mindesten dominant gebärdete. Glückliches Wachs.

~

Es regnet nicht mehr am nächsten Morgen, aber es ist so kalt geworden, dass Chiara sich eine Strumpfhose unter die Jeans und eine Weste unter den Dufflecoat anzieht, bevor sie zur Arbeit fährt.

Der alte Herr hat wie immer Tee gemacht für sie, von dem sie wie immer höflich einen Schluck nimmt, um ihn dann später heimlich wegzuschütten. Während er versucht, nicht im Weg zu sein, erklärt sie ihm nebenbei, dass Leonie, Fräulein Wildenhain, wie er sie nennt, länger wegbleiben wird, und er versichert ihr, dass er froh sei, in ihr, Chiara, Fräulein Mancini, einen so guten Ersatz zu haben.

»Es wäre eine Spur moderner«, sagt Chiara, »wenn Sie mich Frau Mancini nennen könnten.«

»Ich weiß schon«, sagt er und lächelt, »aber ich bin sechsundachtzig. Unter modern verstehe ich Swingmusik.«

Chiara muss lachen und würde ihm am liebsten mit der Hand durch sein spärliches Haar fahren, aber sie beherrscht sich, weil sie nicht Freundschaft schließen will. Sie will hier nur arbeiten.

Nach knapp drei Stunden ist sie durch mit allem, hat seine sechs Hemden gebügelt, zwei Maschinen mit Handtüchern, Bettwäsche und Unterhosen laufen lassen, ausgeräumt und im übrigen Zimmer aufgehängt – seine Tochter lebt nicht mehr – er wird alles zusammenlegen und einräumen, wenn es trocken ist.

~

Nach der Mittagspause hat sie die Wohnung einer Maklerin für sich und kann Musik hören. Die Räume sind groß und elegant möbliert, das Geld liegt auf einer Anrichte im Flur, und der Nachmittag geht vorüber wie immer.

Eigentlich müsste ich ins Fitnessstudio gehen, denkt Chiara, ich müsste Bewegungen machen, die nicht zum Putzen gehören, aber nach sechs oder sieben Stunden Arbeit ist ihr nicht mehr danach. Schwimmen, das wäre was, aber die Bäder sind kilometerweit entfernt in den umliegenden Städten. Jetzt noch auf den Roller zu steigen und über die Landstraße zu knattern ist ihr einfach zu viel.

Die Malsachen wird sie vielleicht morgen kaufen. Für heute reicht es. Essen, lesen, schlafen, das ist Programm genug für den Rest des Tages.

~

Ich brauch deine Kontonummer, schreibt sie zur üblichen Zeit an Leonie, nachdem deren SMS-Lockruf eingegangen ist.

Leonie: Liegt in der Schublade vom Schreibtisch. Da sind alle Kontoauszüge.

Chiara: Und was darf ich dir überweisen?

Leonie: Dreißig Euro?

Chiara: Lieber fünfzig, oder?

Leonie: Ist doch Sommer. Du brauchst keine Heizung. Nur für Strom und Wasser und Grundsteuer sind fünfzig zu viel.

Chiara: Jetzt grad heiz ich noch kräftig. Von Sommer keine Spur. Mir ist wohler mit fünfzig.

Leonie: Meinetwegen. Ich kann dich ja mal zum Essen einladen, wenn ich zu Besuch komme.

Chiara: Hast du das vor? Wann?

Leonie: Nicht konkret. Irgendwann vielleicht.

Chiara: Hast du den Job?

Leonie: Ja.

Chiara: Gratuliere.

Leonie: Ich hab übrigens Briefe und E-Mails an die Putzbefohlenen geschrieben, damit sie wissen, dass du ihnen noch länger erhalten bleibst.

Chiara: Dem Herrn Köhler hab ich's schon gesagt.

Leonie: Gut. Der mag dich, oder?

Chiara: Ja. Er macht mir scheußlichen Tee.

Leonie: Ostfriesische Mischung. Bähkotzwürg. Schüttest du ihn auch immer weg?

Chiara: Ja. Ich nehm ihn mit ins Bad, und dort hab ich ihn dann irgendwann ausgetrunken.

Leonie: Hab ich genauso gemacht.

Chiara: Hast du die richtigen Schuhe fürs Café?

Leonie: Ja. Turnschuhe. Mit denen bin ich schon ganz Manhattan rauf und runter und rüber gelaufen.

Chiara: Viel Glück.

Leonie: Ebenfalls. Bye.

Chiara: Ciao.

~

Noch bevor sie ihr Buch zur Hand nimmt, richtet Chiara einen Dauerauftrag mit fünfzig Euro für Leonie ein, liest den *Messaggero* online, um auf dem Laufenden zu bleiben, aber sie lässt den Teil aus, in dem irgendwas über Castelnuovo stehen könnte. Das ist Schnee von gestern.

Sie weiß, dass das hier nur eine Auszeit ist, aber sie fühlt sich angekommen, als wäre sie im richtigen Leben gelandet. Warum eigentlich nicht? Sie kann das doch zu ihrem richtigen Leben machen. Wenn Leonie neu anfangen kann, dann kann Chiara das auch. Aber das ist Schnee von morgen oder übermorgen. Erst mal ist sie hier, und was dann wird, sieht sie dann.

~

Der Freitag ist anstrengend. Am Vormittag hat sie eine zwar nicht sehr große, aber dafür mit alten Dielen- und Linoleumböden anstrengende Wohnung, die auch noch so vollgestellt ist, dass alles, Wischen, Abstauben, Fegen und Saugen, umständlich und aufwendig wird – sie gerät jedes Mal in einen hektischen Endspurt, um in den vorgegebenen drei Stunden fertig zu werden. Zum Glück ist sie allein, die Besitzerin ist Ärztin und wohl misstrauisch, denn Chiara muss noch immer den Schlüssel in der Praxis holen und nachher wieder abliefern.

Und am Nachmittag die Frau mit den Kindern, die auch diesmal wieder ganz dringend und überraschend kurz wegmuss, sodass Chiara die beiden nörgeligen Mädchen am Hals hat, die sie aber ohne schlechtes Gewissen vor den Fernseher setzt, um in Ruhe arbeiten zu können.

Den Wochenendeinkauf und auch den der Malutensilien verschiebt sie auf Samstag, weil sie nach der Arbeit einfach keine Leute mehr sehen will.

~

Saverio trug keinen Ehering. Da war auch keine verräterische Vertiefung an seinem Finger. Nicht, dass das Chiara viel ausgemacht hätte – wenn er eine andere Frau mit ihr betrog, dann war das seine Sache, aber jetzt im Nachhinein denkt sie, vielleicht war da auch ihr Hormonhaushalt beteiligt an dem Rausch, der sie erfasste, an der Verliebtheit, die sich bald einstellte, und dem Gedanken, Saverio nicht mehr missen zu wollen.

In seine Wohnung in Rom nahm er sie nur einmal mit. Chiara konnte dort keine Spuren einer anderen Frau entdecken, alles war pur und männlich und architektisch. Kein Blumenstrauß, kein Spiegel im Kleiderschrank, keine zu Putzlappen umfunktionierten Unterhosen oder Geschirrtücher, ganz zu schweigen von Nahrungsergänzungsmitteln oder Aceton und verräterischen Kosmetika wie Hand- oder Gesichtscreme.

Sie konnte sich in Ruhe umsehen, weil Saverio fürs Frühstück einkaufte, während sie, nach einer turbulenten Liebesnacht, noch damit beschäftigt war aufzuwachen.

Spätestens mit dreißig will man sich als Frau auf den zukünftigen Vater festlegen, dachte sie, obwohl sie von irgendeiner inneren Uhr nichts spürte. Sie wurde nicht wehmütig beim Anblick eines Babys, sie hatte keine Sehnsucht nach dieser Art Lebenssinn, im Gegenteil: Sie sah die jungen Mütter als verkümmernde Wesen und wollte einen solchen Rückgriff auf die grundlegenden Dinge des Lebens für sich nicht akzeptieren, aber weiß man, was die Biologie macht? Was ihr Hirn wollte oder meinetwegen ihre Seele, musste nicht mit den Plänen ihres Körpers übereinstimmen.

~

Seit ihrer Zeit als Zeitungsausträgerin ist Chiara keine Langschläferin mehr. Immerhin bleibt sie bis sieben Uhr liegen an diesem Samstag, dann hört sie draußen auf der Straße den Traktor eines Winzers vorbeirattern und steht auf.

Als wäre es ihr und allen Arbeitenden zuliebe, hat sich das Wetter pünktlich zum Wochenende eines Besseren besonnen, das Thermometer zeigt dreizehn Grad an, der Himmel ist makellos blau, und die Vögel bejubeln diese

Wende, als hätten sie ebenso sehnlich darauf gewartet wie Chiara.

Sie genießt den Einkauf auf dem Markt, beim Bäcker, im Lebensmittelladen, den sie für sich Alimentari nennt, den Trubel im Städtchen und die allgegenwärtige gute Laune der Leute, deren Schwatzen und Lachen sich mit den routinierten Tönen eines Straßenmusikers und dem Klang der Kirchenglocken für eine Hochzeit mischt.

Die Einkäufe passen alle in den Kasten auf dem Roller, nur die Malutensilien muss sie in einer Plastiktüte vor sich aufs Trittbrett stellen, weil der DIN-A3-Block zu sperrig ist. Sie fährt vorsichtig und langsam, um kein abruptes Brems- oder Lenkmanöver zu riskieren, nach dem sie alles von der Straße aufsammeln müsste.

~

Sie hat sich angewöhnt, Leonies Haus immer samstags zu putzen. Da ist sie noch im Schwung von der Woche und läuft nicht Gefahr, es aus lauter Müdigkeit bleiben zu lassen.

Gleichzeitig wäscht sie ihre eigenen Sachen und hängt sie zum Trocknen draußen auf. Einen Trockner hat Leonie nicht, bei schlechterem Wetter könnte Chiara erst am Sonntagabend bügeln, aber jetzt ist sie noch vor dem Abendessen mit allem fertig und kann sich, wenn sie will, den ganzen Sonntag über langweilen.

Es wäre schön, sich mal wieder zu langweilen, denkt sie, so wie früher, nichts tun zu müssen und nicht zu wissen, was sie tun könnte. Heute ist Langeweile nur noch ein Zustand, in dem sie alles das, was sie tun *müsste*, nicht tun *will*. Eine Art Missmut.

~

Nach dem Essen setzt sie sich auf die Terrasse und weiht ihre Malutensilien ein. Nachdem sie eine Viertelstunde lang überlegt hat, was sie zeichnen soll, nimmt sie sich die Handyfotos von Vordens Arbeitszimmer vor und skizziert all den Nippes vom Schreibtisch und den Regalen – sie lässt die Figuren frei im Raum schweben, jede für sich und in einer Art Wirbel mit den anderen verbunden, wie eine Milchstraße aus anekdotischen Gegenständen: ein gelber Porsche mit Wohnanhänger aus Metall, zwei Zinnsoldaten, ein Handwerksbursche mit Hund aus Porzellan, ein Tintin aus Plastik, eine Möwe aus Gips, ein gestrickter Pinguin, ein New-York-Taxi, eine griechische Büste, Briefwaage, Stempel, Locher und Mickymaus, Feuerzeug, Teddybär, Holzgiraffe – als es dunkel wird, hat sie alle skizziert und die ersten drei koloriert. Und der Nacken tut ihr weh.

Erst jetzt gönnt sie sich ein Glas Wein und schlägt ihr Buch auf. Sie ist zufriedener als je in den Wochen zuvor. Sie hat gezeichnet. Sie hat das vermisst.

~

Den ganzen Sonntag verbringt sie auf der Terrasse mit ihren Farben, und am Abend sind es drei Blätter geworden mit diesen fliegenden Kleinigkeiten in kindlicher Buntheit. Vielleicht wird sie Herrn Vorden eins davon überlassen. Als Geschenk. Dank für die Inspiration.

Er wird es allerdings wohl nicht bei sich aufhängen. Die Bilder, die er an den Wänden hat, sind zwar allesamt Originale, aber an die hundert Jahre alt, brave, neoimpressionistische und naturalistische Städteansichten, Porträts und Landschaften, handwerklich gut, aber künstlerisch unbedeutend. Eins-B-Kunst. Oder eher Eins-C. Nicht, dass Chiara ihre Zeichnungen für künstlerisch bedeutend hielte, aber sie sind anders. Illustrationen. Nichts fürs Museum und nichts für diese Wände.

Als es dunkel geworden ist, überlegt sie, ob sie einen Spaziergang an Vordens Haus vorbei machen soll, um vielleicht einen Blick auf ihn zu erhaschen, aber sie verwirft den Gedanken, weil sie das backfischhaft findet.

Ob heute noch jemand weiß, was ein Backfisch ist? Als ihr Vater sie so nannte, war das Wort schon eine Generation lang aus der Mode, aber ihm gefiel es so, dass er es bei jeder passenden und unpassenden Gelegenheit auf sie münzte. Sein Verhältnis zu manchen deutschen Wörtern war das eines Bewunderers. Halbstark, dufte, Gammler fädelte er, sooft es ging, in seine Plaudereien ein, wenn er gelöster Stimmung war und ein bisschen zu tief ins Grappaglas geschaut hatte.

~

Sehnsucht ist es nicht, was sie am Montagabend nach der Arbeit verspürt, aber es ist etwas Ähnliches. Vorfreude. Dem Wiedersehen mit Vordens Wohnung sieht sie entgegen wie noch vor wenigen Wochen dem Besuch im Schwimmbad nachts mit Saverio. Sie schwammen vor der Liebe und auch danach, stärkten sich mit Chips aus dem Kiosk und Wein aus Saverios Kofferraum und warteten so lange, bis die Nachtigall endlich sang, deretwegen sie gekommen waren.

Chiara hatte sie eines Nachts gehört, als ihr Kühlschrank leer gewesen war und sie sich deshalb Schokolade und Orangensaft aus dem Kiosk geholt hatte.

Sie vermisst Saverio. Sein gackerndes Lachen, seine rauen Handwerkerhände und das Kratzen seiner Bartstoppeln an ihrer Haut.

~

Die Vorfreude ist verflogen, als Chiara am Dienstagmorgen aus dem Haus geht. Der Regen ist zurück, und wenn es bis zum Nachmittag so weiterschüttet, wird sie nichts von dem Ausblick haben. Na ja, wenn schon, dann wird sie eben die Musik aufdrehen und mit dem Staubsauger tanzen.

Ihr fällt das vergessene Album ein. Verdammt. Das hatte sie doch zurücklegen wollen.

~

Es regnet nicht mehr, aber der Himmel ist noch grau, sodass die Landschaft nicht wie frisch gewaschen glänzt, sondern stumpf daliegt, wie bei einem Druck, mit dessen Farbsättigung etwas nicht in Ordnung ist.

Auf der Küchentheke steht wieder ein Teller mit Obst und Schokolade, im Arbeitszimmer liegt wieder ein Stapel Papier. Auf dem Deckblatt stehen nur zwei Wörter: Unsichtbarer Stacheldraht.

Diesmal wird sie es lesen. Das ist nicht indiskret. Wenn er das unterbinden wollte, würde er den Stapel in eine Schublade legen. Wer weiß, vielleicht will er sogar, dass sie es liest. Vielleicht freut er sich, wenn ihr die Geschichte, oder was auch immer er da schreibt, gefällt und sie einen Notizzettel mit Lächelgesicht dazulegt.

Die Espressomaschine ist aufgeheizt, als Chiara ihre Putzmontur angezogen hat, und sie setzt sich mit Kaffee, ein paar Trauben und einem Stückchen von der Schokolade in den Sessel, um zu lesen.

Unsichtbarer Stacheldraht

Der Zug stand schon wieder. Zum vierten Mal. Der Schneesturm legte den ganzen Süden lahm, schmetterte Äste, ganze Bäume, Masten und in einem Fall sogar den Bauwagen eines Arbeitertrupps auf die Gleise – so erzählte es der Zugbegleiter auf seinem ständigen Weg von Abteil zu Abteil den immer nervöser werdenden Fahrgästen, die sich längst aus lauter kontaktscheuen Einzelwesen in einen Schwarm von Schicksalsgenossen verwandelt hatten.

Sie verbrüderten sich mit der aufgeregten Zutraulichkeit, die sie der zunehmenden Kälte und Angst entgegenhielten, und tauschten Trost und Ermutigung in Form von Scherzen, Geschimpfe und Anekdoten. Bis der Zug endlich wieder ruckelte, ächzte, sich in Bewegung setzte und Verlegenheit aufkam, weil man sich viel zu nah an viel zu Fremde herangewagt hatte – wo sollte man hinschauen, was sagen oder wen wieder auf Distanz bringen – die meisten studierten den Boden zwischen ihren Füßen und verstummten.

Dann, im erlösenden Licht des Bahnhofs, ging jeder seiner Wege, froh, der schon halb vergessenen Beklemmung entronnen zu sein, und erinnerte sich allenfalls mit einem Schmunzeln oder Schauder an Geschichten, die er ohne diesen Schneesturm nicht gehört hätte.

Mir klang noch die blecherne Stimme eines stoppelbärtigen Mannes im Ohr, der am Ende das ganze Abteil mit Witzen unterhalten hatte und jetzt in endlich wieder erträglichem Abstand von mir Richtung Ausgang unterwegs war – er unterhielt ein Ehepaar in Loden, das sich noch nicht von ihm trennen wollte und bis zum Taxistand oder S-Bahn-Steig sein dankbares Publikum bleiben würde. Die Bahnhofshalle war voll und die Aufregung der Gestrandeten mit Händen zu greifen. Ein einziges Gewusel und Gesumm, ein Durcheinander von Eile und Resignation, Wintermänteln, Koffern und Reisetaschen - ich versuchte, schnell durch das Gewühl zu kommen, um einen Kaffee zu trinken. Auf den hatte ich mich schon in Lindau gefreut, nicht ahnend, dass die Fahrt nach München fast sieben Stunden dauern würde.

Daraus wurde nichts, denn auf der Anzeigetafel stand ein Zug nach Salzburg, der in vier Minuten abfahren sollte, also beeilte ich mich und schlug mir den Kaffee aus dem Kopf. War eh nicht mehr die Tageszeit dafür. Viertel nach sechs.

In Rosenheim ging nichts mehr. Auch hierher war der Zug nur gekrochen und hatte statt der sonst üblichen vierzig Minuten zwei Stunden gebraucht. In langen Schlangen standen Fahrgäste vor den Telefonzellen und in dichten Pulks um einige blau uniformierte Menschen, die mit geduldigem Schulterzucken erklärten, dass alles stillstehe, niemand wisse, wie lange noch, ob es heute noch weitergehe, könne man nicht sagen - Kopfschütteln, Bedauern, ausgebreitete Handflächen, müde Gesichter, grau vom Neonlicht und schlaff von der Enttäuschung und Ratlosigkeit, die sich ausbreitete und nach und nach alle erfasste, bis aus dem anfangs aufgeregten Lärm nur noch ein Murmeln geworden war und sich mehr und mehr Leute mit hochgeschlagenem Kragen nach draußen ins dichte Schneetreiben wagten.

*

Im ersten Hotel war alles belegt. Im zweiten, dritten und vierten auch, und ich stellte mich schon auf eine Nacht im Wartesaal ein, als der Portier, der sich gerade wieder in sein kleines Büro hinter der Theke verziehen wollte, noch einmal zu mir hersah und meinen Namen sagte. Mit Fragezeichen.

Ja, sagte ich, ebenfalls mit Fragezeichen.

Ist lange her, sagte er, fast zwanzig Jahre.

Ich sah ihn an, erkannte ihn nicht, wusste nicht, wo in meinem Gedächtnis ich suchen sollte, obwohl die Erwähnung von zwanzig Jahren in meine Schulzeit, in die Sechzigerjahre wies.

Mohrenkopf, sagte er, Hermann Schlesel, genannt Mohrenkopf. Du kannst bei mir auf dem Sofa schlafen. Ich hab noch Dienst bis zehn, aber ich geb dir den Schlüssel und erklär dir den Weg.

Seine Wohnung war klein, ein Wohnzimmer mit Balkon und ein Schlafzimmer, eine winzige Küche und ein winziges Bad. Das Wohnzimmer war unordentlich, überall Hochglanzmagazine und Fotobücher, die Küche voll mit benutztem Geschirr, und im Schlafzimmer standen drei große Müllsäcke, aus denen Kleidungsstücke quollen. Pullover, Hemden, Hosen, eine Jacke – ich kramte nicht darin herum, registrierte nur, was sichtbar obenauf lag.

Ich war noch einmal draußen gewesen und hatte in einem Restaurant zwei Flaschen Wein gekauft und mir vier Sandwiches mit Schinken belegen lassen. Den Wein öffnete ich, denn er war teuer gewesen und hoffentlich so gut, dass ihm ein wenig Luft bekommen würde, die Sandwiches legte ich auf eine Platte und stellte alles zusammen mit zwei Gläsern ins Wohnzimmer auf den Couchtisch. Dann wusch ich das Geschirr ab, setzte mich ins Wohnzimmer und schaltete den Fernseher ein. Es war halb zehn und schneite nicht mehr.

Eigentlich kannte ich Mohrenkopf gar nicht richtig. Er war in der Schule eine Klasse über mir gewesen, und damals existierte so etwas wie unsichtbarer Stacheldraht zwischen den Altersstufen, die allenfalls optisch miteinander in Verbindung standen. Einem Jüngeren wäre nie eingefallen, einen Älteren zu seinen Bekannten oder gar Freunden zählen zu wollen, und ein Älterer hätte sich nie herabgelassen, einen Jüngeren überhaupt nur zu bemerken. Aber Mohrenkopf war in der Klasse meines großen Bruders und nahm Nachhilfe in Mathe bei ihm, deshalb kamen wir miteinander in Berührung, wenn er bei uns zu Hause ein und aus ging.

Seinen Spitznamen trug er nicht etwa, weil er dunkle Haut oder Kringellocken gehabt hätte, sondern weil er die damals noch so genannte Süßigkeit so liebte, dass er sie gelegentlich in Zehnerpacks mit sich herumtrug. Genauer gesagt, es waren Tüten – die Mohrenköpfe wurden einzeln verkauft. In Packungen bekam man sie erst, als sie schon Dickmann's oder Schokoküsse hießen.

Eigentlich hatte ich mit Mohrenkopf nur ein einziges, erstes und letztes Mal zu tun: Man spielte im Radio das neue Album der Beatles, und ich war besessen davon. Ich musste es haben. Alles war großartig, jedes Stück, das war schon beim ersten Hören klar, aber ein Song hatte es mir besonders angetan: *And your bird can sing*. Da wurden zwei Gitarrenlinien parallel gespielt, man konnte sie nicht auseinanderhalten, und in der Bridge entstanden dadurch Harmonien, die ich niemals würde heraushören können. Der Text schien mir rätselhaft, aber die Zeile *you don't see me* leuchtete mir, wie wohl jedem unverstandenen und an seiner Umwelt leidenden Vierzehnjährigen, sofort ein.

Es war allerdings unmöglich, an Geld zu kommen. Meine Mutter hatte keins, mein Vater hätte niemals welches herausgerückt, schon gar nicht *dafür*, das Autowaschen beim Bäcker brachte zwei Mark und fand alle zwei Wochen statt – ich würde fünf Monate brauchen für die zwanzig Mark, die das Album kostete. Ich musste es aber haben. Und ich musste es jetzt haben, nicht im nächsten Januar.

Nachdem ich mir eine Zeit lang die Nase am Schaufenster des Plattenladens platt gedrückt hatte, ging ich hinein und zu dem Stapel, zog eins der vielleicht dreißig Alben heraus und studierte das Cover, auf dem nur das Wort *Revolver* stand. Zuerst die Zeichnung vorn, dann die Fotografie hinten, auf der George Harrison aussah wie Keith Richards. Ich las die Titel und die wie immer spärlichen Credits und versuchte, Mut zu sammeln, um in einem guten Moment, wenn der Verkäufer abgelenkt sein würde, einfach mit der Platte im Arm aus dem Laden zu rennen und in Zukunft diese Straße zu meiden. Eine bessere Idee hatte ich nicht.

Willst du die etwa klauen?, flüsterte jemand hinter mir, ich drehte mich um und sah Mohrenkopf, der jetzt ebenfalls nach einem Exemplar griff.

Ich sagte nichts, sah ihn nur an, ich wusste nicht, ob er hier im Laden jobbte und vielleicht als Ladendetektiv ein Auge auf solche wie mich hatte, aber dann lächelte er mich an, und ich zuckte mit den Schultern – das war ihm Antwort genug.

Warte hier, sagte er, zupfte mir am Ohrläppchen, nicht wie ein Lehrer, sondern eher wie eine Tante, ging mit seinem Exemplar zur Kasse, bezahlte, stellte dem Verkäufer eine Frage nach etwas offenbar Entlegenem, denn dieser ging nach hinten zu den Jazzplatten und suchte dort in einem Fach herum. Mohrenkopf kam unterdessen zu mir her, stellte sich so, dass sein Körper den Blick des Verkäufers blockieren würde, nahm das Exemplar von *Revolver*, das ich immer noch in der Hand hielt, und legte es an sein eigenes, bezahltes, sodass die Kanten genau parallel verliefen. Dann ging er wieder zur Kasse, rief von dort aus dem Verkäufer zu, er komme morgen wieder, und ging mit der jetzt doppelten Schallplatte lässig aus dem Laden.

Noch während er zwischen mir und dem Verkäufer stand, hatte ich schnell ein weiteres Exemplar in die Hand genommen, das ich jetzt mit bedauernder Miene zurückstellte, dann ging ich ebenfalls raus.

Ich war noch keine vier Meter weit gekommen, als der Verkäufer aus dem Laden schoss, auf Mohrenkopf deutete, der in vielleicht zwanzig Metern Entfernung eiligen Schritts stadteinwärts strebte, der Verkäufer rief: Haltet den fest, das ist ein Dieb!, und ein bulliger Mann mit Trachtenjanker und Jägerhut stellte sich Mohrenkopf in den Weg, fasste ihn am Arm und ließ ihn nicht entkommen, bis der Verkäufer hingerannt war und triumphierend die beiden Schallplatten an sich nahm.

Ich hatte mich längst verzogen, linste um die Ecke einer Seitenstraße und sah zu, wie Mohrenkopf von dem Trachtennazi und dem Verkäufer gemeinsam in den Laden geführt wurde, wo der Verkäufer abschloss und den Telefonhörer abnahm. Ich wartete nicht mehr, bis die Polizei kam, und ich sah Mohrenkopf nicht wieder. In der Schule tauchte er nicht mehr auf, und irgendwann, Wochen später, erzählte mein Bruder, man habe ihn rausgeworfen und er sei abgehauen, vermutlich nach Griechenland. Oder Berlin.

Bis ich das Album selbst besaß, vergingen noch Monate, in denen ich eine Zweckfreundschaft mit einem aus der Nachbarschaft schloss, der alle Beatles-Platten hatte und sich nicht daran störte, dass ich fast jeden Nachmittag zu ihm nach Hause kam und *Revolver* auflegte. Glücklicherweise entdeckte er bald darauf Jimi Hendrix, Cream und The Who, und die Beatles waren ihm nicht mehr progressiv genug – er lieh mir die Alben, ich gab sie ihm nie zurück, und die Freundschaft ging wieder auseinander.

Das Album war ein halbes Jahr lang mein Ein und Alles.

Ich lernte, *For no one* auf dem Klavier zu spielen, schaffte es nie, die Harmonien von *And your bird can sing* herauszuhören, konnte bald alle Texte auswendig und hörte die Musik im Kopf, wenn ich morgens mit dem Rad zur Schule fuhr. An Mohrenkopf dachte ich nicht mehr. Dass er die Platte für mich hatte klauen wollen und deshalb von der Schule geflogen war, beschämte mich nicht, ich fühlte mich nicht in seiner Schuld, schließlich war das ja nicht meine Idee gewesen. Und ich sah ihn nicht mehr. Fast zwanzig Jahre lang.

Ich schaltete den Fernseher aus, denn in meinem Kopf lief seit einigen Minuten *Eleanor Rigby*. Weil ich nicht wusste, ob ich in Mohrenkopfs Wohnung rauchen durfte – einen Aschenbecher sah ich nirgendwo –, stellte ich mich auf den Balkon und hörte im Kopf *Got to get you into my life*, während ich fror und die tief verschneite Stadtlandschaft betrachtete.

Hey, du hast ein Abendessen gezaubert, sagte Mohrenkopf, als er Viertel nach zehn in der Tür stand und seine wattierte Jacke auszog, super.

Er war damals weder nach Griechenland noch nach Berlin gegangen, sondern hatte in Bremerhaven auf einem Schiff als Küchenjunge angeheuert und war zwei Jahre lang um die Welt gefahren, dann hatte er als Roadie bei den Bands Warm Dust und Golden Earring gearbeitet, später eine Lehre als Koch gemacht, wegen einer Allergie aber diesen Beruf wieder an den Nagel hängen müssen und war schließlich, nach verschiedenen anderen Jobs, im Hotelgewerbe gelandet.

Ich hätte dich nicht mehr wiedererkannt, sagte ich nach einem längeren Schweigen, als wir die erste Flasche Wein schon fast geleert und die Sandwiches aufgegessen hatten.

Und ab morgen erst recht nicht, sagte er.

Ich sah ihn fragend an, wusste nichts mit dieser Aussage anzufangen, er hob sein Glas und sagte: Heut ist mein ganz privates Silvester. Mein letzter Tag als Mann. Morgen fahr ich in die Klinik, und in ein paar Wochen bin ich endlich auch körperlich das, was ich seelisch schon immer war, eine Frau.

Er stand auf, ging ins Schlafzimmer, winkte mich zu sich und öffnete den Schrank. Darin hingen Kleider, Röcke, Blusen, standen Schuhe mit hohen Absätzen, der ganze Schrank war voll mit Frauensachen.

Warst du auch schon damals schwul?, fragte ich, als er die Schranktür wieder schloss.

Ich war nie schwul, sagte er, ich war immer eine heterosexuelle Frau im falschen Körper.

Irre, sagte ich. Etwas Besseres fiel mir nicht ein.

Tut mir leid, dass ich das mit der *Revolver* verbockt habe, sagte er, ich hätt sie dir gegönnt.

Irgendwann später am Abend, nachdem wir auch die zweite Flasche Wein ausgetrunken hatten, sagte ich: Aber du heißt jetzt nicht Hermine, oder?

Nein, sagte er, Hera.

Morgens, nachdem ich geduscht hatte und er immer noch schlief, legte ich einen Zettel auf seinen Küchentisch: Danke und viel Glück im neuen Leben, ging leise aus der Tür und zog sie hinter mir zu.

In der Nacht war noch mehr Schnee gefallen, alles lag reinweiß vor mir – jungfräulich hätte man das früher genannt –, meine Fußabdrücke waren die einzigen auf dem Gehweg, sie blieben es, bis ich eine größere Straße erreichte, die zum Bahnhof führte. Ich schritt schneller aus als gewöhnlich und merkte erst nach einer Weile, dass ich zum Rhythmus der Musik in meinem Kopf ging. *You say you've seen seven wonders, and your bird is green, but you can't see me, you can't see me.*

Das Wort *Revolver* war wie ein Schlag vor die Stirn. Es ist aus dem Text hervorgetreten, als hätte eine Kameralinse es erfasst und mit der Geschwindigkeit eines Schusses herangezoomt. Chiara hält, als sie den Stapel Papier niederlegt, noch immer die leere Espressotasse in der Hand – den letzten Schluck hat sie auf Seite zwei genommen.

Sie weiß nicht so recht, was sie fühlt. Es ist stark, sie muss einige tiefe Atemzüge nehmen, um die Enge unter ihrem Schlüsselbein loszuwerden, an ihren Lidern regt sich etwas, und sie verspürt den Impuls, ihre Arme um sich selbst zu legen, als wäre ihr kalt, als wäre sie gerührt, als wäre sie erschüttert.

Das alles ist es wohl nicht. Jedenfalls nicht nur. Sie fühlt in ihrem Gesicht, dass sie lächelt. Sie ist stolz, ihn zu dieser Geschichte inspiriert zu haben. Die im Player vergessene CD hat ihn zurückgeschickt in seine Jugend, ihn fortgeschickt ins verschneite Bayern und ihn einen Menschen finden oder erfinden lassen, dessen Geheimnis und Erlösung sie eben beim Lesen so mitgefühlt hat, als wäre sie im Alter ihrer Mutter und fände sich zurückversetzt ins Jahr neunzehnhundertsechsundsechzig, in dem eine neue Beatles-Platte eine Offenbarung war, eine Kostbarkeit, für deren Besitz man sich notfalls in Schwierigkeiten brachte.

Vorden muss im selben Alter sein wie ihre Eltern. Sie hat ihn sich bisher jünger vorgestellt, unter fünfzig, aber diese Geschichte ist satt von Erfahrung und strahlt eine Sicherheit aus, die nur aus dem eigenen Leben des Autors kommen kann.

~

Chiara hat keine Musik aufgelegt. Sie hat den Worten nachgelauscht, während sie die Arbeit hinter sich brachte, und sie hat die Lieder in ihrem Inneren gehört. Immer wieder. *For no one* hat sie sogar laut gesungen. Das konnte sie früher als Kind spielen auf dem Klavier, das nicht mit nach Italien umziehen durfte.

Wie das wohl sein muss, im falschen Körper zu leben? Dass man sich nicht schön genug findet, allerlei Makel sieht und kaschieren oder verstecken zu müssen glaubt, das kennt Chiara, das kennt jede Frau, aber das Gehirn des anderen Geschlechts zu haben – das kann sie sich nicht vorstellen. Ist man sich dann nur im Spiegel fremd oder auch, wenn man sich selbst berührt? Oder ist das Ganze nur die Sehnsucht nach einem völlig anderen Leben?

Chiara ist nicht erst seit der Affäre mit Saverio mit sich und ihrem Körper einverstanden. Hässlich ist sie nicht, schön genug ist niemand, und ihr Leben wird sie nicht verschwenden an die Optimierungswut und Dauerverzweiflung, die sie von so vielen Frauen kennt.

Vielleicht war es das, was sie damals an Leonie gleich bewundert und sich später zum Vorbild genommen hat. Das Einverstandensein mit sich selbst. Leonie hat auch heute noch nicht diese latente weibliche Bitterkeit und Unzufriedenheit an sich, diese ständige Bereitschaft zur Selbstabwertung bei gleichzeitigem Bedürfnis, andere Frauen noch tiefer zu stellen, noch hässlicher zu finden als sich selbst. Das, ihre schnörkellose Art zu reden und ihr helles, viel zu lautes Lachen haben Chiara beeindruckt. Leonie ist rundlich, nicht sehr groß und fühlt sich wohl in ihrer Haut. Die größere Chiara hielt sich als junges Mädchen immer für tendenziell unsichtbar mit ihren zu breiten Hüften, zu kleinen Brüsten und zu glatten Haaren.

~

Nach der Arbeit, in der Badewanne, noch immer mit den Liedern von *Revolver* im Kopf, überlegt Chiara, wie sie Herrn Vorden zu seiner nächsten Geschichte inspirieren könnte. Es müsste so zufällig und unabsichtlich sein wie die vergessene CD in der Schublade, dürfte nichts Übergriffiges haben, die Integrität seiner Wohnung nicht stören.

Ihr fällt nichts ein. Vielleicht wird sie ein kleines Lächelgesicht zeichnen, aufwendiger und gekonnter als seine Strichversion, und es auf den leer gegessenen Obstteller legen.

~

Diesmal nimmt sie tatsächlich eins seiner Hemden aus dem Wäschekorb, nachdem sie zuerst das Bad sauber gemacht und sich dann mit ihrer Bodylotion eingerieben hat, ein hellblaues mit Button-down-Kragen und einem kleinen eingestickten Stier – sie streift es über, schließt zwei Knöpfe und spaziert durch die Wohnung, überlegt sich, ob sie die Geschichte noch einmal in Ruhe lesen soll, da klingelt es an der Tür, und sie erstarrt.

Kann das schon wieder die Polizei sein? Oder irgendein Paketbote, der sein Tagespensum nicht geschafft hat und deshalb viel zu spät hier auftaucht? Herr Vorden?

So, wie sie ist, nur mit einem Männerhemd bekleidet, kann sie nicht aufmachen. Sie geht zur Tür, ruft: »Moment, ich bin gleich da!« und hastet die Treppe hinauf ins Bad zu ihren Kleidern, die sie sich eilig anzieht. Strumpfhose, Slip und BH lässt sie weg, streift nur Jeans und Sweatshirt über und ist froh, dass die Jeans keine Knöpfe hat, sondern einen Reißverschluss.

Vor der Tür steht der Nachbar, der sie letzte Woche bei der Polizei angeschwärzt hat, er lächelt verlegen, entschuldigt sich für die Störung, hält ihr einen kleinen Blumenstrauß entgegen, eine Tulpe, eine Rose, eine Gerbera, etwas Blaues und Schleierkraut. »Ich habe ein schlechtes Gewissen«, sagt er, »wir wollen uns entschuldigen für die peinliche Situation, in die wir Sie letzte Woche gebracht haben.«

Chiara weiß nichts zu sagen. Ihr wird bewusst, dass sie barfuß vor ihm steht, wenn er hinschaut, ist das fast wie nackt.

»Meine Frau sagt, Sie hatten recht, wenn wir gute Nachbarn wären, wüssten wir, dass hier jemand putzt.«

Chiara sieht ihn noch immer nur an, wird sich langsam der Unhöflichkeit ihres Schweigens bewusst, nimmt ihm endlich die immer noch fast flehentlich hingehaltenen Blumen ab und sagt: »Danke.«

»Na dann«, sagt der Mann und wendet sich zum Gehen. »Sehen Sie es uns nach, wenn möglich. Wir wollten das Richtige tun und haben es vermurkst.«

Chiara lächelt. Sie weiß nicht, ob er es noch sieht, deshalb sagt sie noch einmal: »Danke« und hofft, dass ihm das als Lohn für seine nette Geste reicht. Sie schließt die Tür hinter ihm und hält reflexhaft die Nase an den kleinen Strauß. Das Blaue ist wohl eine Freesie. Die Rose riecht nach nichts. Egal. Die Absicht zählt.

Jetzt ist die Magie dahin. Jetzt kann sie nicht mehr die Wohnung für sich genießen. Sie geht ins Bad, zieht die fehlenden Kleidungsstücke an, packt das Hemd zurück in den Wäschekorb, macht den letzten Kontrollgang – Fenster, Heizkörper, Putzmittel und Gerätschaften, der Stapel Papier im Arbeitszimmer – alles ist, wie es sein muss, und sie nimmt ihre Tasche und die Blumen, schlüpft in ihre Schuhe, geht aus der Tür und schließt ab.

~

Erst zu Hause, als sie ihre Bodylotion ins Regal im Bad stellt, kommt ihr in den Sinn, dass das Hemd jetzt danach riechen könnte. Wenn Vorden die Nase dran hält, bevor er es in die Waschmaschine stopft, dann wundert er sich vielleicht über den Duft und zieht seine Schlüsse. Aber darauf, dass sie sich aufführt wie eine Geliebte nach dem Sex, wird er nicht kommen. Das ist zu weit hergeholt. Falls er überhaupt etwas merken sollte, dann zweifelt er vielleicht am Waschmittel oder schreibt die Irritation seines Geruchssinns einer Erinnerung zu.

Sollte allerdings die nächste Geschichte von einer nackten Putzfrau handeln, dann hätte sie ihn zwar inspiriert, aber auch ein Problem.

~

Abends beim Lesen kommt ihr immer wieder das Lied *And your bird can sing* in den Sinn, die Zeile *you can't see me* ist wie ein Wahlspruch oder Werbespruch hervorgehoben. Niemand sieht einen, jeder hat ein Geheimnis, alle existieren in verschiedenen Versionen – die eine, innere, kennt man nur selbst, alle anderen sind Interpretationen, die je nach Betrachter vollkommen verschieden ausfallen können.

Es ist zu spät, um mit Leonie zu reden, die ist jetzt wieder bei der Arbeit. Chiara hätte sie gern gefragt, ob Vorden schon immer Geschichten geschrieben hat, ob Leonie sie gelesen hat, ob sie weiß, was für einen Beruf er ausübt, Journalist, Professor, Werbemann – er ist ein Rätsel für Chiara und wird zusehends interessanter.

Der Blumenstrauß ist originell. Wer auch immer den zusammengestellt hat, Herr oder Frau Nachbar, muss sich ein sympathisches Restchen Eigensinn bewahrt haben. Chiara wird ihn zeichnen.

3

Am Abend des nächsten Tages versucht sie es, aber es gelingt ihr nicht. Vielleicht weil der Strauß schon verwelken will. Man sieht es noch nicht, aber man weiß es oder ahnt es. Nach drei Versuchen gibt sie auf und schaltet den Fernseher ein. Egal was kommt, irgendjemand wird reden und mit den Händen fuchteln, irgendwas wird explodieren, jemand rennt, jemand schießt, jemand küsst jemanden – manchmal ist das das Richtige.

~

Na, wie sieht's daheim aus?, fragt Leonie, nachdem sie kurz nach sechs ihre Lock-SMS geschickt und Chiara den Laptop hochgefahren hat.

Chiara: Alles grün, alles blüht, schönes Wetter, blauer Himmel, paradiesisch.

Leonie: Schön für dich. Hier ist es warm, aber grau. Und ich hab keine Beine mehr.

Chiara: So hart?

Leonie: Ja. Abends hab ich Phantomstelzen und wundere mich, wie ich damit noch in den Supermarkt und nach Hause komme.

Chiara: Wo wohnst du eigentlich?

Leonie: In der Wohnung von Bekannten, die schon ausgezogen sind. Aufs Land. Die Miete ist noch bis Ende Juli bezahlt, solang kann ich hierbleiben.

Chiara: Hast du deinem Markus geschrieben?

Leonie: Ähm. Gute Frage. Nächste Frage.

Chiara: Willst du warten, bis er es von selbst kapiert?

Leonie: Wo du mich so gradaus fragst, das wäre mir am liebsten.

Chiara: Fair ist das nicht.

Leonie: Na ja. Was ist schon fair.

Chiara: Komm, jetzt raff dich auf. Immerhin hast du ihn mal gemocht. Jetzt kannst du ihm wenigstens reinen Wein einschenken.

Leonie: Hast ja recht. Heut Abend mach ich's. Versprochen.

Sie wird das Versprechen nicht halten, das weiß Chiara schon, als sie Facebook schließt und das Lesezeichen des *Messaggero* anklickt, aber wenn schon. Das kann ihr egal sein. Markus ist nicht ihr Problem, und wenn Leonie es sich so leicht machen will, soll sie. Es ist allerdings unsympathisch, eigentlich der erste unsympathische Zug, den Chiara an Leonie entdeckt.

~

Seit einigen Tagen ist es so warm, dass sich inzwischen die Hauswand und der Terrassenboden aufgewärmt haben und noch jetzt, nach Einbruch der Dunkelheit, abstrahlen. Chiara sitzt draußen mit ihrem kalt gewordenen Tee, ohne Licht, ohne Zeichenblock oder Buch, sie lässt den Duft der Blüten in Wellen in ihr Bewusstsein dringen und weiß nicht, welcher Duft zu welcher Blüte gehört. Außer einem Jasmin erkennt sie keine der Pflanzen. Wenn ich den Garten in Schuss halten will, denkt sie, dann muss ich erst mal wissen, wie das geht, was welche Blume braucht oder nicht leiden kann und wann und wie und wo und wie wenig oder viel davon. Sie hat keine Ahnung.

In Castelnuovo gibt es keinen Garten am Haus, sie hat nie gelernt, wie man mit Pflanzen umgeht, aber Leonie zuliebe wird sie es irgendwie herausfinden.

Ein nervös klingender Motor nähert sich, wird abgestellt, eine Autotür schlägt zu, und Schritte kommen näher. Markus. Er hat eine Flasche Wein in der Hand, die er vor Chiara auf den Tisch stellt, bevor er einen Stuhl hervorzieht und sich setzt.

»Du magst doch Rotwein, oder«, sagt er, »ich trink ein Glas mit, wenn du mich einlädst.«

»Eigentlich wollte ich bald schlafen gehen, aber ein Glas ist noch drin«, sagt Chiara und holt Korkenzieher und Gläser von drinnen, stellt alles vor ihn auf den Tisch, worauf er sich an der Flasche zu schaffen macht und fragt: »Hast du Kontakt mit ihr?«

»Ja.«

»Und sie sagt kein Wort über mich?«

»Nein«, lügt Chiara, »sie erzählt von New York und so was.«

»Sie meldet sich einfach nicht bei mir.«

»Das ist nicht nett.«

Er hat die Flasche geöffnet und gießt Wein zuerst in sein Glas, um zu probieren – das hat er sich aus irgendeinem Film oder im Restaurant am Nebentisch abgeschaut – er will routiniert aussehen. Bevor er jetzt auch noch anfängt, das Glas zu schwenken, um sein Weinkennerprofil ganz zu vervollkommnen, fragt sie ihn: »Hattet ihr denn Streit?«

»Nein«, sagt er, »überhaupt nicht. Alles war gut. Ich hab sie zum Flughafen gefahren, und sie hat gesagt, in vier Wochen sei sie wieder da und ich soll auf mich aufpassen und so was alles, und jetzt ist sie wie vom Erdboden verschluckt. Ich versteh's nicht.«

Oha, denkt sie, als ihr zwischen dem Blumenduft ein deutlicher Akzent von Rasierwasser oder Herrenparfüm in die Nase weht. Nicht unangenehm, aber skurril. Er hat geduscht, bevor er hierherkam. Er hat noch was vor an diesem Abend.

Ich aber nicht, denkt sie, das kann er sich abschminken, während sie einen Schluck Wein probiert und feststellt, dass er erwartungsgemäß nicht besonders gut ist.

~

Nach dem Espresso am Morgen zieht sie als Erstes ihr Bett ab und stopft die Wäsche in die Maschine. Zum Glück lag er nicht neben ihr beim Aufwachen, das hätte den Kater ins Unerträgliche gesteigert, aber sein Rasierwasserduft und der leichte, aber scharfe Geruch nach Liebe sind da, und es ist falsch, dass sie da sind, falsch, dass Chiara ihn am Abend zuvor zuerst gewähren ließ, als er sie küsste, und ihn dann im Bett, als wäre sie ausgehungert, regelrecht verwöhnt hat.

So wie sie Leonie kennt, wird Markus mit ihr nicht zu kurz gekommen sein, aber Chiara ist seit Saverio eine Aphrodite, so als lege sie mit den Kleidern auch ihre Schüchternheit ab, Markus schien immer mal wieder in dieser Nacht nicht zu wissen, wie ihm geschah.

Hoffentlich war das nur eine gute Tat, denkt sie später unter der Dusche, und nicht ein Problem, das ich mir aufgehalst habe. Sie will ihn nicht auf der Matte stehen haben, denn sie mag ihn noch immer nicht. Aber gestern

Abend roch er gut und schien auf einmal eine Entschädigung verdient zu haben für die Behandlung, die Leonie ihm angedeihen lässt.

~

Auf dem kleinen antiken Sekretär der Ärztin lugt unter allerlei Zeitschriften, geöffneten Briefen und Notizen ein weißer Umschlag hervor, aus dem ein Geldschein herausblitzt. Ein Zehner. Um abzustauben, muss Chiara alles, was hier liegt, nehmen und auf den nahen Esstisch verfrachten, dabei schaut sie auch in den Umschlag – außer dem Zehner ist da noch ein zweiter und ein Zwanziger. Das Ganze liegt so extra wie unabsichtlich und so extra gut sichtbar hier, dass klar ist, es handelt sich um eine Falle. Chiara soll beim Klauen erwischt werden. Sie nimmt einen Fünfeuroschein aus ihrem Geldbeutel und steckt ihn dazu. Obenauf, sodass es deutlich als Zuwachs zu erkennen ist und die miese Madame nicht glauben kann, sie hätte sich beim Zählen vertan.

Chiara muss lachen. Zu gern würde sie das Gesicht sehen, wenn die begreift, dass sie hier verspottet wird. Das ist allein schon als Phantasie die fünf Euro wert.

~

Leonie meldet sich nicht in den nächsten Tagen, und auf eine SMS, die Chiara ihr schreibt, antwortet sie nur, es passe gerade nicht. Klar. Sie hat ein schlechtes Gewissen, weil sie ihren Markus noch immer nicht abserviert hat. Chiara ist das recht, denn ihr eigenes schlechtes Gewissen könnte auch ihr den Ton verderben. Gestehen würde sie es Leonie nicht, das geht sie nichts mehr an.

~

Am Montagabend sucht sie das Regal ab nach Gartenbüchern, aber sie entdeckt nur zwei Fotobände und ein schlankes Taschenbuch über Monet, keines, in dem sie Anleitung finden könnte. Sie wird in der Buchhandlung fragen.

~

Sie greift nicht zuerst nach dem Papierstapel, der auch an diesem Dienstag wieder auf dem Schreibtisch liegt, sondern geht durch die ganze Wohnung, öffnet die Fenster zum Lüften, schaltet die Espressomaschine an, schaut in den Wäschekorb, er ist leer, dann in den Schrank, wo das hellblaue Hemd auch nicht zu finden ist, also hat er es gewaschen, gebügelt und mitgenommen. Oder er bringt seine Wäsche unter der Woche weg und hat beim letzten Mal nur vergessen, sie einzupacken.

Mit einem Kaffee und einem Stückchen Schokolade setzt sie sich an den Schreibtisch und liest:

Der gläserne Moment

Sie beschwor ihre Liebe mit Sätzen wie: Ich schreib dir sofort, oder: Jetzt schon hab ich Heimweh, aber es waren keine Zauberformeln, sie hatten keine Wirkung, außer jener, die auch das Pfeifen eines Liedes in der Dunkelheit besitzt: Für einen Augenblick hielten sie die Gespenster fern.

Am Flughafen dann, unter all den Leuten mit Herkunft und Ziel, kam sie sich merkwürdig durchsichtig vor – eine Spionin vielleicht oder das Hirngespinst eines Regisseurs, der, sich des zu arrangierenden Bildes noch nicht sicher, eine Handvoll Menschen umherschiebt auf Förderbändern und Gangways – und sie war die Figur, die er geistesabwesend in den Fingern drehte, unentschlossen, ob er sie als Joker, Statistin oder gar nicht würde brauchen können.

Später im Flugzeug materialisierte sie sich wieder, und als sie an New York dachte, ihr Ziel, das sie in etwa neun Stunden erreicht haben würde, da verschwamm der Verlassene und Zuhausegebliebene, wurde durchsichtig, verlor sich in immer blasser werdenden Farben, verlor seinen Geruch, seine Stimme, das Kratzen seiner Bartstoppeln und das Rumpeln seiner Stiefel, wenn er sie von den Füßen schleuderte und in irgendeiner Ecke des Flurs vergaß.

In New York würde nicht sie verschwunden sein, sondern er und alles, was ihn mit ihr verbunden hatte. In New York würde sie der Mensch werden, den sie sich bisher nur ausgedacht hatte – in knapp neun Stunden käme dieser neue Mensch auf die Welt. Die neue Welt. Und dort würde er bleiben. Wachsen, lernen, scheitern und weitermachen. Ihre Herkunft und Vergangenheit würden sich in ihrer Erinnerung abbilden wie Märchen, Kindergeschichten, die man aus gutem Grund eine Zeit lang geglaubt hat, die man aber im wirklichen Leben hinter sich lässt und allenfalls noch unter Freunden mit nachsichtigem Lächeln erwähnt.

*

Sie war nicht die Einzige, deren Gepäck sich irgendwo auf der Welt, in der Luft oder am Boden befand, nicht aber in Newark Airport – das stand fest nach einer Stunde, und eine weitere Stunde wartete sie in der Schlange vor dem Immigration Officer, dessen Benehmen darauf angelegt schien, sie und alle vor ihr von der Einreise wieder abzubringen. Er knurrte seine Anordnungen, vermied Augenkontakt, Lächeln, Wiederholung des Gesagten in deutlicherer Aussprache – hätte er lauter gebellt und wäre nicht schwarz gewesen, dann könnte man ihn als typisch deutsch bezeichnen. So war er nur typisch arrogant und stand mit seinem Verhalten in krassem Widerspruch zu denen, die ihr hinter der Sperre begegneten.

Kaum sah sie sich suchend um, bot jemand lächelnd seine Hilfe an, wies ihr den Weg, erklärte eine Prozedur oder wandte sich für sie an jemand Kompetenten.

In ihr waren Mitternacht und Müdigkeit, aber um sie herum heller Nachmittag, ein diesiger Sommerhimmel, Wärme und Betriebsamkeit, der Tag war ihr entgegengekommen, die Nacht nicht hinterher – sie konnte jetzt nicht müde sein, war es dennoch, aber glaubte dem äußeren Tag und nicht der inneren Nacht.

Sie kannte sich gut genug aus, war schon einmal hier gewesen und hätte den Zug zur Penn Station nehmen können und von dort den A-Train bis zur Jay Street in Brooklyn, aber sie wollte den Ankunftsrausch auskosten und entschied sich deshalb für das Taxi, mit dem sie der Skyline entgegenfuhr, bis der Holland Tunnel sie verschluckte und mitten in SoHo wieder entließ.

Und der Rausch war da. Der Stop-and-go-Verkehr in der Canal Street verschaffte ihr Zeit, sich als Teil dieser vielsprachigen und vielgestaltigen Menge von Menschen zu fühlen, die sich alle, ob vor Kurzem oder Generationen, von einem Ort, ihrer Heimat, hatten losreißen müssen, um hier den neuen Ort mit sich selbst zu bevölkern und zur neuen Heimat zu machen.

Und alle hatten vielleicht erst in dem Moment des Abschieds das Wort »Heimat« als ein Wort mit Bedeutung erkannt, erst der Abschied hatte dem Ort Geruch, Gestalt und Grenzen gegeben. Sie waren vielleicht alle durch ein Stadium der Durchsichtigkeit gegangen, hatten sich alle unterwegs materialisiert, und, wer weiß, mancher von ihnen mochte sich so befreit und im Wesen geweitet gefühlt haben wie sie jetzt bei der Fahrt auf die Manhattan Bridge.

*

Die Wohnung war klein. Ein Zimmer nach vorn zur 5th Avenue mit dem Lärm der Lastwagen, die bemalt, gepflegt, geliebt ihren Dienst seit vierzig oder fünfzig Jahren taten, ein etwas breiterer Flur, der als Küche, Esszimmer und Wohnzimmer in einem fungierte und von dem ein winziges Duschbad abgeteilt war, dann noch ein Zimmer nach hinten zu den Klimaanlagen und Gerüchen der Sushibar, des New-Age-Restaurants und des Supermarkts an der Ecke zur 1st Street.

Noch standen alle Möbel hier, aber in sechs Wochen würden sie in einem Truck verschwinden und in die Catskill Mountains reisen, wo Dean und Sofia, die beiden Freunde ihres Vaters, ihrem kleinen Haus den letzten Schliff vor dem Einzug gaben. Dort, in den Catskills, konnten sie von ihren Renten leben, hier in Brooklyn war das nicht mehr möglich.

Eine Reihe von Abschieden und Neuanfängen hatte die beiden hierhergebracht: Nach ihrer Ankunft aus Baltimore vor dreißig Jahren als hoffnungsvolle Künstler – Sofia Malerin, Dean Fotograf – bewohnten sie ein Loft direkt am Union Square, das sich heute nur noch Millionäre leisten konnten, dann, vor zwanzig Jahren – da war sie in einem Verlag angestellt und er bei den Wasserwerken –, zogen sie über den East River nach Brooklyn in eins der gediegenen Brownstone-Häuser in der 7th Street, fühlten sich ausgesetzt, am falschen Ort, und als sie endlich Wurzeln schlugen, weil die Gegend immer lebendiger und jünger wurde, war auch das zu teuer geworden, denn Park Slope hatte sich unter den Arrivierten herumgesprochen, so musste es diese Wohnung in der 5th Avenue werden, die inzwischen aber mit einer Miete von mehr als zweitausend Dollar ebenfalls unerschwinglich war.

Der Abschied von der Stadt würde ihnen schwerfallen, aber sie waren Amerikaner, und Amerikaner sind mutig und nehmen das Neue an. So ist man vor Kurzem oder Generationen hier angekommen, und so zieht man weiter, wenn die jeweils Reicheren die immer nur vorläufige Heimat übernehmen.

*

Hier darf sie wohnen, bis der Umzugswagen kommt, und sie wird sich gleich morgen auf die Suche machen nach einer Gegend, vielleicht in Richtung Flatbush oder Bronx, in der die Künstler schon die Mehrheit haben, aber Einwanderer und Loser noch die Preise definieren.

Sie wird mutig sein müssen, ein Netz von Straßen kennenlernen, die okay sind, und ein zweites von Straßen, die tagsüber okay sind, und ein drittes von solchen, die sie meiden wird. Sie wird lernen. Sie wird Freunde brauchen. Sie wird Freunde finden. Sie wird sich einen Platz in dieser Stadt erobern, dann einen weiteren, besseren, sie wird das Abschiednehmen und Ankommen lernen, das Weiterziehen und Wiederankommen – irgendwann, das ist ihr Ziel, wird es eins der Brownstones sein, nur Minuten vom Prospect Park entfernt, oder eins der Art-déco-Häuser in Brighton Beach. Das ist der Weg, den sie vor sich sieht, den sie gehen wird und auf dem sie bittere Momente voller Einsamkeit, Mutlosigkeit und Heimweh erleben wird, aber sie wird sich auch von diesen Momenten verabschieden, so wie sie sich von glücklichen, zufriedenen, heiteren Momenten und Zuständen verabschieden wird – das hier ist erst der Anfang einer langen Reihe von Abschieden, die sie alle überstehen wird, weil sie weiß, jedem Abschied folgt eine Ankunft, die aus jeder Fremde eine Heimat machen kann.

Manchmal wird Stille sein, manchmal das Rumpeln von Stiefeln, manchmal wird sie staunen über sich, darüber, wer sie geworden ist, was in ihr steckt, sie wird enttäuscht sein, dass manches nicht in ihr steckte, aber sie wird es schaffen, hier zu sein, hierzubleiben, hier der Mensch zu werden, den sie noch nicht kennt, aber finden wird, mit dem sie einverstanden und unzufrieden sein wird, den sie im Spiegel erkennen, im Lächeln oder Zorn eines Gegenübers verstehen und in den Armen eines Geliebten am Leben wissen wird.

Diesmal hat Chiara die Kaffeetasse nach dem letzten Schluck abgestellt, und sie spürt auch keinen Druck unterm Zwerchfell, aber der rote Zug, dessen Fahrt von rechts nach links in der Ferne sie verfolgt, mit zusammengekniffenen Augen, als wolle sie in einem seiner Fenster jemand Bekanntes entdecken – dieser rote Zug fährt lautlos seine Strecke, ohne in Chiaras Bewusstsein vorzudringen.

Dort ist Leonie, die in SoHo aus dem Taxifenster schaut, sich ans Rumpeln von Markus' Stiefeln erinnert und die Erkenntnis in sich aufnimmt, am Ziel angekommen zu sein. Dem Ort, an dem sich das Bleiben und Neuanfangen auf einmal als einzige Möglichkeit erweist.

Vorden hat über Leonie geschrieben. Er muss sie kennen. Gut kennen. War sie vielleicht seine Geliebte? Hätte sie das verschwiegen? Ja. Vermutlich schon. Vielleicht geht sie deshalb auch so nachlässig mit Markus um. Er war nur der Lückenfüller. Der wirkliche Mann war Vorden.

~

Sie ist nicht in der Wohnung geblieben nach der Arbeit, sie hat nicht einmal das rituelle Bad genommen, nur zügig alles erledigt und sich dann auf ihren Roller geschwungen. Die Vorstellung, dass Leonie und Vorden ein Paar gewesen waren, kappt die Verbindung, die sich Chiara mit Herrn Vorden herbeiphantasiert hat.

4

Leonie war mit den Freunden, deren Wohnung sie aufbrauchen darf, ein paar Tage auf dem Land, deshalb hat sie sich nicht gemeldet. Erst gestern ist sie zurückgekommen, um sich gleich wieder die Beine zu ruinieren, wie sie sagt.

Chiara: Kennst du den Herrn Vorden eigentlich näher?

Leonie: Wie meinst du das, näher?

Chiara: Ob du was mit ihm hattest.

Leonie: Nein. Ich hab ihn nur einmal gesehen, als wir alles besprochen haben. Wieso fragst du das?

Chiara: Er hat über dich geschrieben.

Leonie: Wie, über mich geschrieben? In der Zeitung?

Chiara: Nein. Eine Geschichte. Er scheint jedes Wochenende eine Geschichte zu schreiben. Ist dir das nie aufgefallen? Oder hat er das früher nicht gemacht?

Leonie: Keine Ahnung. Hab nicht darauf geachtet. Ich bin die Putzfrau. Nicht der Geheimdienst.

Chiara: Jaja, schon verstanden. Ich schäme mich ja auch. Nein, tu ich nicht. Zuerst hab ich die Geschichten auch nicht gelesen, aber gestern und letzten Dienstag hab ich doch. Und diesmal hat er eindeutig über dich geschrieben.

Leonie: Und was?

Chiara: Wie du hier abfliegst und dann in New York ankommst, wie du dort merkst, dass du nicht mehr wegwillst, wie du dich an die Bartstoppeln von Markus und das Rumpeln seiner Stiefel im Flur erinnerst – so was alles.

Leonie: Markus ist immer rasiert. Er war beim Bund und weiß, was sich gehört.

Chiara: Oder hast du dem Herrn Vorden vielleicht geschrieben? Aus New York? Wie du dich fühlst und so?

Leonie: Nein. Nur, dass ich bleibe und du mich vertreten wirst, dass ich für dich die Hand ins Feuer lege und hoffe, dass er zufrieden ist mit dir. Er hat geantwortet, er sei nicht nur zufrieden, sondern begeistert. Du hast bei ihm einen Stein im Brett.

Chiara: Dann habt ihr telepathische Verbindung. Er hat dich so genau beschrieben. Nicht äußerlich, sondern was du fühlst. Er hat sogar Brooklyn erwähnt. Sogar die 5th Avenue.

Leonie: Das hab ich allerdings geschrieben, dass ich da bei Freunden wohne.

Chiara: Ich hab die Geschichte leider nicht. Ich kann sie ja nicht klauen, aber du würdest dich bestimmt darin erkennen.

Leonie: Da war ich wohl kurz mal seine Muse. Ist doch toll.

Chiara: Weißt du eigentlich, was er die Woche über macht?

Leonie: Du meinst beruflich? Nein. Er muss Geld haben, aber wie er's verdient, weiß ich nicht.

Chiara: Wie sieht er aus?

Leonie: Gut. Graue Haare, Brille, schlanke Hände, braune Augen, Manieren. Verliebst du dich in den?

Chiara: Quatsch. Aber die Geschichten finde ich richtig gut. Sie gehen mir direkt ins Herz.

Leonie: Meinen Segen hast du. Leg ihn flach. Ich hab keinen Ehering gesehen. Wär mir sowieso egal.

Chiara: Mir auch.

Leonie: Ich muss Schluss machen. Die Arbeit ruft.

Chiara: Okay. Mach's gut.

Leonie: Du auch. Und danke.

Chiara: Wofür?

Leonie: Markus nicht vertiefen.

Chiara tippt einen Smiley aus Doppelpunkt, Bindestrich und Klammer und ist froh, auf dieses Thema nicht näher eingehen zu müssen.

~

Markus lässt sich nicht blicken. Also glaubt er noch an seine Leonie und hat ein schlechtes Gewissen, weil er sie betrogen hat. Am Donnerstagabend steht ein kleiner Blumenstrauß vor der Tür, lauter gelbe Nelken in einem Gurkenglas, aber kein Zettel liegt dabei. Chiara ist das recht. Sie mag eigentlich keine Nelken. Aber sie mag ja eigentlich auch Markus nicht.

~

Am Freitagmorgen eröffnet ihr die Sprechstundenhilfe, bei der sie wie immer den Schlüssel für die Wohnung abholen will, dass ihre Dienste nicht mehr gebraucht würden. Chiara lächelt, schweigt, nimmt den Umschlag mit dreißig Euro Entschädigung an sich und geht. Genau genommen sind es nur fünfundzwanzig – fünf hat sie ja schon in den Rauswurf investiert. Sie setzt sich in ein Straßencafé und fühlt sich so wohl wie früher beim Schuleschwänzen.

~

Phantasie ist so, denkt sie auf einem Spaziergang, der sie wie zufällig Samstag Abend an Vordens Haus vorbeiführt – ein kleiner Anlass, eine CD im Player oder eine Mail von der ehemaligen Putzfrau aus New York, und schon entsteht eine Geschichte, eine Person, Motive, Ereignisse, ein ganzes Stück Leben geht los, nur weil ein kleines Zeichen es angestoßen hat.

Von Vorden sieht sie nichts. Es ist noch zu früh, als dass er Licht anmachen müsste, und bestimmt sitzt er jetzt am Schreibtisch, lauscht seiner inneren Stimme und schreibt mit, was sie ihm diktiert.

Chiara hat diese Art von Phantasie nicht. Sie kann sich Dinge vorstellen, die ihr passieren sollten, sie kann träumen, sich Wünsche ausmalen oder Ängste wuchern lassen, aber sie hat nie ein Bild aus ihrem Inneren geholt. Es mussten immer existierende Dinge sein, Anblicke, etwas, was da ist und nur darauf wartet, von ihr gewürdigt zu werden.

Aber vielleicht fühlt sich das für ihn genauso an. Vielleicht würdigt er nur das Beatles-Album, indem er sich in die Zeit zurückversetzt, die damit verbunden ist, und die Figuren findet, die diese Verbindung bebildern.

Ist er vielleicht schwul? In der ersten Geschichte wird ein Mann zur Frau, in der zweiten versetzt er sich als Autor ganz in eine Frau. Aber was sollte das mit Schwulsein zu tun haben? Quatsch. Es hat mit Phantasie zu tun.

~

Saverios Phantasie drückte sich in der Liebe aus. Und in seinen Bauplänen. In der Liebe waren es die immer neuen Orte, in den Bauplänen, über die sie manchmal mit ihm sprach, die Quadratur des Kreises – das Praktische und Notwendige so schön wie möglich hinzubekommen. Am besten ohne dass der Auftraggeber es merkte. Er wusste, dass er kleine Brötchen backen musste, aber die sollten immer so sein, dass sie ihm auch selbst schmecken würden. Chiara vermisst ihn.

Es war kein Zusammenleben mit ihm, es war nur eine Affäre, aber Chiara hätte den unvermeidlichen Wandel ertragen, vielleicht sogar begrüßt, wenn das erotische Fieber abgeklungen wäre, sich Gewöhnung eingestellt hätte und aus dem Bündnis der Körper ein Bündnis der Seelen geworden wäre. Aber so weit kam es nicht.

~

Den Sonntag über zeichnet sie wieder. Diesmal Vordens Küchenutensilien. Quirl, Pfannenwender, Schere, Schälmesser, Korkenzieher, Kapselheber, Messer und Sieb, wieder lässt sie alle fliegen wie nach einer fröhlichen Explosion. Das nächste Mal wird sie ein Handyfoto von seinen Gewürzen machen.

Sie kocht sich eine richtige Mahlzeit mit Suppe, Pasta, Salat und sogar Nachtisch und liest, als es dunkel geworden ist, weiter in ihrem Buch. Sie ist froh, dass Markus sich nicht blicken lässt, und wünscht sich inzwischen, Leonie möge ihm noch lange nicht reinen Wein einschenken, damit er noch lange sein schlechtes Gewissen behält und Chiara nicht als zweite Wahl in Betracht zieht. Sie will ihn nicht verletzen müssen. Seine Nelken lassen schon die Köpfe hängen.

~

Das blaue Hemd ist wieder da. Chiara hat sich schon auf der Fahrt hierher vorgenommen, das Ritual ein wenig zu verändern. Sie wird die Geschichte nicht gleich lesen, sondern zuerst alles putzen, baden, dann das Bad fertig machen, dann in seinem Hemd, in seinem Sessel seine Geschichte lesen. Sie wird die Spannung steigern durch dieses tantrische Verzögern des Höhepunkts.

Bis die Espressomaschine heiß genug ist, macht Chiara Fotos vom Gewürzregal und stellt sich vor die Tür, um eine Zigarette zu rauchen.

~

Sie braucht nur ein bisschen mehr als zwei Stunden für alles, obwohl sie genauso gründlich arbeitet wie sonst auch. In der Badewanne bleibt sie diesmal auch nur etwa zehn Minuten liegen, die Erwartung und Vorfreude macht alles, was bisher die Hauptsache war, zur Ouvertüre. Oder zum Prolog.

Sie lässt die Körperlotion weg, damit das Hemd nicht danach riecht, und sie ist froh, dass es nach Tagen zum ersten Mal wieder regnet. Nicht sehr stark, es ist eher ein Nieseln, aber es erhöht die Heimeligkeit und Intimität, dämpft das Licht und hält hoffentlich auch etwaige Spaziergänger davon ab, hier vorbeizuschlendern und einen Blick auf die nackte Frau im Männerhemd zu erhaschen.

Als sie, den Papierstapel in der Hand, am Garderobenspiegel vorbeikommt, stellt sie sich für einen Moment davor, öffnet die Knöpfe des Hemdes und wünscht sich, sie hätte Saverios Blick und nicht ihren eigenen. Sein Blick hätte eine begehrenswerte Frau gesehen, ihrer sieht zu kleine Brüste und zu schmale Augen.

Im Lesesessel reicht das Tageslicht. Sie hat die Knöpfe

des Hemdes nicht geschlossen. Es fühlt sich eigenartig und gut an, den groben Stoff des Möbelbezugs an der Haut ihres Hinterns zu spüren.

Mairegen

Der Regen hatte endlich aufgehört. Ich beschloss, das als gutes Zeichen zu werten, obwohl mir magisches Denken eher fernliegt, aber an diesem Tag würde ich Nerven brauchen, also versuchte ich, mich selbst zu Optimismus und Gelassenheit zu überreden.

Wie an jedem Morgen erwachte ich von Dizzys rauer Zunge, die mich frisierte. Das macht sie mir zuliebe. Fellpflege. Dizzy ist ein Tiger mit weißem Latz und kümmert sich um mich, seit sich Renate mit einem Lehrerkollegen zusammengetan und aus unserem Leben und dieser Wohnung verabschiedet hat. Es liegt nicht an dir, hatte sie gesagt, ich habe mich eben verliebt. Das war wenigstens höflich. Oder rücksichtsvoll.

Ich versuchte, mir ein Beispiel an Dizzy zu nehmen – sie ließ sich nicht anmerken, dass sie Renate vermisste, legte sich nachts neben meine Füße und schnurrte mich in den Schlaf, als hätte es nie ein anderes Leben gegeben. Als wäre sie nicht ein Herz und eine Seele mit Renate gewesen, hätte nicht jeden Nachmittag nach der Schule auf sie gewartet und mit lautem Begrüßungsgeschrei zu Ehren ihres Heimkommens ein bisschen randaliert, Stanniolkugeln durch die Wohnung gebolzt, Kerzenständer umgeworfen, T-Shirts aus dem Schrank gezerrt und Renate zärtlich ins Bein gebissen. Das alles, die ganzen Begrüßungsfeierlichkeiten, ließ sie jetzt mir angedeihen. Ich bemühte mich deshalb, immer etwa zur gleichen Zeit nach Hause zu kommen.

Ich küsste sie auf den Kopf, schlug die Decke zurück, genoss den Schwall frischer Mailuft, der mit dem Öffnen des Fensters ins Zimmer zog, und ging in die Küche, schaltete die Kaffeemaschine ein, füllte Dizzys Teller und Trinkschale, ging ins Bad, um die morgendliche Routine zu absolvieren, und frühstückte so frugal wie immer: Espresso, Marmeladenbrot und Zigarette auf dem Balkon.

Nach einem Anruf bei Renates Schwester, die versprochen hatte, sich am Abend um Dizzy zu kümmern und entweder hier zu schlafen oder morgen früh noch mal hereinzuschauen, bezog ich für den Fall der Fälle das Bett frisch und spielte dann die Szene aus *American Gigolo* nach, in der der junge Richard Gere zuerst Anzüge, dann Hemden, dann Krawatten auf dem Bett so lange miteinander kombinierte, bis ein traumhaft subtiler Farbdreiklang entstand. Mein Dreiklang war: dunkelgrauer Wollanzug, hellergrau-bläuliches Hemd und wieder-etwas-dunkler-grau-rostrot schräg gestreifte Krawatte, dazu die rötlichbraunen Schuhe, Gürtel und Uhrband gleich.

Ich hatte kurz mit der Künstlerverkleidung geliebäugelt, schwarzer Anzug, schwarzer Rolli, Schuhe, Gürtel, Uhrband schwarz, aber das wäre wie gesagt eine Verkleidung gewesen, deshalb ließ ich es sein. Ich bin kein Künstler. Schon gar nicht einer, der dafür gehalten werden will. Ich bin Architekt, und wir bauen Häuser, deren Schönheit sich aus ihrer Funktionalität ergeben sollte, nicht aus Maskeraden, Verzierungen oder Formen, die sich spektakulär einsturzgefährdet geben. Wenn ich meine Häuser nicht maskiere, dann auch mich nicht. Gute Form ist ehrlich.

Ich rief Dizzy einen Abschiedsgruß zu, sie hatte sich längst wieder auf dem frischen Bett zusammengerollt und auf einen durchzuschlafenden Tag eingerichtet, dann nahm ich meine Tasche, die nicht ganz zufällig genauso aussieht wie Schuhe, Gürtel, Uhrband und nur Waschzeug, Socken, Unterwäsche, ein Hemd für den nächsten Tag und ein Buch enthielt, schloss ab und ging zu Fuß zum Bahnhof.

*

Ich richtete es so ein, dass ich an meinem aktuellen Bau vorbeikam, einem Einfamilienhaus, eigentlich einer kleinen Villa, die schon fast bezugsfertig war. Nur die Maler mussten noch durch, der Elektriker und die Putzkolonne – dann konnte der Möbelwagen kommen. Ich wusste schon jetzt, dass sich mir der Magen umdrehen würde, wenn ich die Einrichtung zu Gesicht bekäme – der Bauherr hatte mir vor einigen Tagen Bilder gezeigt: Eiche, Buche, Bistrostühle, ein Durcheinander der Zeiten und Stile, das weder mit dem dunklen Nussbaumparkett noch mit den verchromten Treppengeländern oder den scharfkantigen, hochglanzlackierten weißen Fensterbänken harmonieren würde.

Ich hatte ihm Kirschholzmöbel vorgeschlagen, moderne Klassiker, aber er ging lieber auf die Jagd im Internet und deckte sich zu Schnäppchenpreisen mit dem Krempel ein, den andere Leute aus gutem Grund loswerden wollten. So hatte er es auch mit den Türklinken gemacht. Ich hatte die zylindrischen von Gropius geplant, aber er stornierte die Bestellung, weil er bei einer Versteigerung fündig geworden war. Jetzt hatte er das wunderschöne Bad von Philippe Starck mit den federleichten Armaturen, eine sehr dezente Miele-Küche, die zartesten Heizkörper, die es mit erträglichem Wirkungsgrad gibt, und dazu im ganzen Haus Türklinken, für die sich ein Hotel der niedrigsten Preisklasse in irgendeinem Gewerbegebiet geschämt hätte – plumpe Allerweltsprügel, von denen man im Baumarkt den Blick abwendet. Natürlich wird das Geld irgendwann knapp, wenn man baut, ich bin lange genug im Geschäft, um das zu wissen, aber es hätte auch schöne bezahlbare Türgriffe gegeben. Er hätte mich fragen sollen.

Ich ging zügig vorbei, obwohl ich Zeit gehabt hätte, ein paar Worte mit dem Bauleiter zu wechseln, dessen Wagen ich vor dem Haus stehen sah, aber der Gedanke an die Türprügel hatte mir die Stimmung verdorben – ich wollte das nicht ansehen.

*

Vorsingen. Das ist wohl das Unangenehmste in meinem Beruf. Man nimmt an einer Ausschreibung teil, erbringt alle Vorleistungen, Zeichnung, Statik, Modellbau, Kalkulation, umsonst und muss dann noch, wenn man Glück hat und in die Endauswahl gekommen ist, antanzen und einer Reihe von Leuten, die oft wenig oder nichts von Architektur verstehen, das aber niemals zugeben würden, erläutern, warum der Entwurf gut ist. Als ob sich Qualität nicht selbst erklären würde.

Es ging um den Neubau einer Druckerei bei Hannover. Ich hatte einen klar gegliederten Vorschlag eingereicht, der sich durch verschieden hohe Gebäudeteile an den Seiten geschmeidig an die Traufhöhen der Nachbarhäuser anpassen würde. Das ganze Ensemble wirkte stolz, ohne pompös zu sein, und hatte Charme aus allen relevanten Blickwinkeln: vom Parkplatz, von der Anfahrt, der nahen Autobahn – ich war stolz auf meine Arbeit.

*

Nachdem ich einer alten Dame ihren Koffer zuerst in den Zug gereicht und ihr dann beim Verstauen in die Gepäckablage geholfen hatte, fand ich mit Mühe noch einen Platz. Leider nicht am Fenster. Und leider für jemand anderen reserviert, der mir kurz nach dem Anfahren des Zuges in mürrischem Ton und ohne mich anzusehen eröffnete, das sei seiner.

Ich entschuldigte mich und wanderte zum Speisewagen, wo ich einen jungen Menschen, dessen Haar mit sehr viel Gel in Drahtbürstenform gebracht war, darum bitten musste, seine Reisetasche vom Sitz auf den Boden zu stellen, damit ich Platz nehmen konnte. Er wandte seinen Blick nur für den Bruchteil einer Sekunde vom Laptop-Bildschirm weg in meine Richtung, tat wortlos und mit dem Gesichtsausdruck eines von Unterlingen belästigten Oberlings, worum ich ihn gebeten hatte, und ich verspürte den Impuls, mir irgendwas mit Ketchup zu bestellen, um dann mithilfe gezielter Ungeschicklichkeit sein Hemd zu verschönern. Ich mag kein Ketchup. Er hatte Glück.

Noch bevor ich saß, rollte ein mittelschwerer Trolley über meinen Fuß, was nicht etwa eine Entschuldigung des Besitzers zur Folge hatte, sondern dessen vorwurfsvollen Blick, und ich wollte schon anfangen, dem Absinken meiner Laune nachzuspüren, als mich das freundliche Gesicht der Bedienung wieder an die unbestreitbaren Vorzüge der Zivilisation erinnerte: unter anderem die Umgangsformen.

Ich beeilte mich mit dem Frühstück, denn der Drahtbürstige telefonierte die ganze Zeit, sodass ich mein Buch gar nicht erst aufzuschlagen brauchte – einen eigenen Gedanken zu fassen war ausgeschlossen – ich bereiste stattdessen den Kosmos seines Lebens- und Berufsalltags: Sport, Freizeit, Urlaubsplanung und Interna aus der Personalführung eines mittelständischen Dienstleistungsunternehmens, in dem er es noch weit zu bringen gedachte und schon weit gebracht zu haben vorgab. Um welche Dienstleistung es ging, wurde mir nicht klar, es konnten Putzkolonnen, Bodyguards oder Mietwagen sein. Was mir aber schon nach dem Rührei klar war: Er spielte einen gegen den anderen aus. Ich hörte ihn mehrfach dieselben Namen nennen, aber immer in unterschiedlichem Ton, mal abfällig, mal respektvoll, mal neutral. Ein kleiner Machiavelli.

Als ich bezahlte, war hinter mir eine Wandergruppe aus drei Frauen und einem Mann eingefallen, deren entschlossener Frohsinn mich auch ohne die Vorleistung des Drahtbürstigen vollends vertrieben hätte – das Lachen der Frauen explodierte nach jeder glucksenden Zote des Mannes, der sich in der Aufmerksamkeit seiner Begleiterinnen suhlte. Ein kurzer Blick im Vorbeigehen zeigte mir praktische Frisuren und gerötete Gesichter, und die Bedienung stellte eben Sektgläser auf den Tisch.

*

Dass es in Hannover regnen könnte, hatte ich nicht bedacht. Schon die letzte halbe Stunde Bahnfahrt ließ nichts Gutes ahnen, und auf dem Bahnsteig wurde es zur Gewissheit – es goss in Strömen. Und ich hatte weder Schirm noch Regenmantel mit. Also sah ich mich in der Bahnhofshalle um nach einem Laden, in dem ich einen Taschenschirm bekäme, wurde fündig, kaufte und bezahlte, hielt einer Dame im Kostüm, die durch ein Handy in der einen und den Griff ihres Rollkoffers in der anderen Hand gehandicapt war, die Tür auf – sie fegte hindurch, ohne mich eines Blickes zu würdigen, geschweige denn eines Lächelns, gemurmelten Dankes oder anderen Zeichens, dass sie mich nicht für einen Teil der Türmechanik hielt – ich machte mich auf den Weg zum Taxistand und versuchte, meinen Ärger runterzuschlucken. Diese Frau hatte meine Freundlichkeit in die servile Geste eines Lakaien verwandelt, dessen Lebenszweck es ist, ihr zu geben, was ihr zusteht. Eine Höflichkeitskonsumentin.

Heute ist Manierentag, dachte ich dann, als ich draußen auf dem Vorplatz das Gerangel sah. Ein Pulk Anzugträger, darunter auch ein paar Damen in Kostümen, überholten, schubsten und ignorierten einander, um sich eines der viel zu wenigen Taxis zu bemächtigen. Wenn sie keine Schirme hatten, rannten sie, ihren Aktenkoffer über dem Kopf, an den anderen vorbei, um einen der heranfahrenden Wagen noch vor dem Stand abzufangen.

Und einsam, verloren, fast ein bisschen lächerlich stand die alte Dame da und musste zusehen, wie jeder herankommende Wagen von einem alerten jungen Menschen, der es noch weit bringen wollte, abgefangen und besetzt an ihr vorbeidirigiert wurde.

Ich sah dem Treiben eine Zeit lang zu, vielleicht fünf Minuten – so lange brauchte ich, um den Rest meines Glaubens an die Menschheit einzubüßen –, dann rannte ich ebenfalls los, spurtete bis nach vorn zur Post, dort um die Ecke und winkte einem Taxi, das mich ignorierte, sah ein anderes vor dem Postamt stehen, dessen Fahrerin eben aus dem Eingang trat und einsteigen wollte, war mit ein paar Schritten bei ihr – sie winkte irgendwie abweisend – ich bat sie dennoch, die alte Dame vorn am Taxistand einzusammeln, sie hätte andernfalls keine Chance – die Fahrerin sah mich seltsam an, stieg ein, nickte mir zu, und ich ging zur Ecke und sah mir zufrieden das Gelingen meiner kleinen guten Tat an.

Bis ich allerdings selbst einen Wagen abbekam, vergingen noch mal zwanzig Minuten, und ich war nass und durchgefroren, weil mir ein Windstoß den Schirm zuerst nach oben geklappt und dann auch noch aus der Hand gerissen hatte. Ich ließ ihn fliegen und würdigte, trotz der Unbill, das poetische Bild.

*

Ich kam zu spät, sah halbwegs abgewickelt aus und fand mich zu meinem Entsetzen, neben einigen Herrschaften aus der Geschäftsleitung, auch der Höflichkeitskonsumentin gegenüber, die mir als Frau Berninger von der Agentur Schach und Wilfert, die unsere Öffentlichkeitsarbeit betreut, vorgestellt wurde. Sie erkannte mich nicht. Wie denn auch. Türmechaniken verfolgen einen ja nicht.

Es war ein Fiasko. Mit meinem waren noch zwei weitere Entwürfe in die Schlussrunde gekommen, und ich hörte schon an den Fragen, die man mir stellte, dass nur Argumente gesammelt werden sollten, um meinen Vorschlag abzuschießen. Nach einer Stunde hieß es, man werde mich anrufen, man hoffe, das Hotel sei angenehm, wünsche mir eine gute Rückreise und bedanke sich für mein Kommen.

*

Zwei Filme und einen Teller Linguine später saß ich in einer Bar und versuchte, den sehr guten, für meine Verhältnisse viel zu teuren Wein zu genießen, als eine Frau vor mir auftauchte, auf den Sessel neben meinem deutete und fragte: Darf ich?

Bitte, sagte ich. Sie kam mir vage bekannt vor.

Ich komme Ihnen vage bekannt vor, sagte sie, und ich sah sie verblüfft an. Sie lachte breit.

Die Taxifahrerin, sagte sie und prostete mir zu, während sie sich setzte. Sie hatte ebenfalls ein Weinglas in der Hand. Feierabend, fügte sie dann noch hinzu, als hätte ich gefragt, was sie hier tue.

Sie sehen so aus, als wären Sie überall lieber als hier, stimmt das?

Nicht ganz, sagte ich, nur an einem bestimmten Ort wäre ich lieber. Aber auch das hat sich mit Ihrem Erscheinen verändert.

Galant, sie lächelte, ganz der Ritter. Wie heute Nachmittag am Bahnhof.

Ich wusste nichts zu antworten, also schwieg ich.

An welchem bestimmten Ort?, fragte sie.

Daheim bei meiner Katze, sagte ich, ohne lang zu überlegen. Irgendetwas an dieser Frau machte mich zutraulich.

Wie heißt sie?

Dizzy Miss Lizzie, aber ich rufe sie Dizzy.

Haben Sie ein Bild dabei?

Das wollen Sie nicht im Ernst sehen, oder?

Ich würde sonst nicht fragen.

Ich nahm mein Handy aus der Tasche, Dizzy ist als Bildschirmschoner drauf. Die Frau lächelte das Bild an. Für mich sah es so aus, als lächle sie verliebt. Oder entzückt. Zumindest voller Zuneigung.

Die alte Dame war meine Tante, sagte sie versonnen vor sich hin. Fast so, als erkläre sie das nicht mir, sondern Dizzy. Dann legte sie mein Handy auf den Tisch. Sie hat auf mich gewartet.

Schade, sagte ich.

Sie waren stolz auf sich, und jetzt glauben Sie, der Grund fällt weg?

Ja. Genau so.

Das ist nicht wahr. Bleiben Sie stolz. Sie stand auf. Ich muss los.

Schade, sagte ich, haben Sie denn nicht Feierabend?

Doch, sie lächelte und nahm ihre Jacke von der Sessellehne, aber ich muss heim zu meiner Katze.

Sie war schon ein paar Schritte gegangen, als mir die Frage einfiel: Wie heißt sie?

Don Quichotte, war ihre Antwort, die sie mir mit einem kleinen Winken über die Schulter zuwarf. Noch nie bin ich nach einem so miesen Tag so gut gelaunt ins Bett gegangen.

Chiara muss sich eine Träne unter dem rechten Auge wegwischen, nachdem sie das letzte Blatt nach hinten, unter den Stapel, gelegt hat. So viel Zärtlichkeit und Enttäuschung, Misanthropie und Herzlichkeit sind ihr aus diesen paar Blättern Papier entgegengekommen, dass sie sich ihrer eigenen Gefühle nicht ganz sicher ist. Eine Art Wärme spürt sie, Zuneigung zu diesem Mann und der generösen Taxifahrerin, Solidarität mit der Einsamkeit dieser Figuren und ihrem Bedürfnis, der blöden Menschenmenge fernzubleiben. Und enttäuscht ist sie, weil diesmal nichts auf eine Inspiration, die von ihr ausgegangen wäre, hindeutet. Wenn Vorden nicht dazu befähigt ist, sie telepathisch anzuzapfen und sich von dort, aus ihren Gedanken, den Architekten Saverio zu holen, dann ist nichts von Chiara in diese Geschichte eingewandert.

Leonies Wort von der Muse hat in ihr gearbeitet. Sie wäre gern seine Muse. Diese Geschichten sind richtig gut, er kann schreiben und schafft es jedes Mal auf nur wenigen Seiten, Chiara dorthin zu bringen, wo die Figuren leben, lieben, etwas vermissen und tapfer leiden.

Sie steht auf, holt sich ihre Zigaretten aus der Tasche, einen Aschenbecher von der Spüle und zündet sich eine an. Das hat sie bisher nicht getan, obwohl Vorden selbst raucht und sich, ohnehin erst nach Tagen, nicht am Geruch stören würde, aber der Gedanke, er könnte nach Hause kommen und irgendwo eine von ihr vergessene Kippe finden, gefällt ihr einfach nicht.

Hat er in seinem anderen Leben eine Katze? Es sprach so viel Liebe aus der Beschreibung. Ist er in seinem anderen Leben verlassen worden? Ist er Architekt?

Es geht immer ums Reisen in den Geschichten. Vielleicht ist er Vertreter. Aber welcher Vertreter verdient so gut, dass er sich eine so schöne Wohnung leisten kann?

~

Sie hat ihm ein kleines Porträt von sich selbst auf einem Zettel neben den Rest der Schokolade gelegt. Ein paar Striche nur. Sie lächelt darauf, und eine Sprechblase aus ihrem Mund sagt: DANKE.

Wie der Mann in der Geschichte hat sie nicht mit Regen gerechnet und wird jetzt auf dem Heimweg nass. Egal. Mairegen macht schön, hieß es früher immer, wenn sie ohne Schirm oder Regencape von der Schule nach Hause radeln musste. Und wenn Andrea sich darüber mokierte, hieß es, Mairegen macht groß. Schönheit war damals nur ein Ziel für Mädchen. Doppelt egal, es ist Juni, und der Regen macht einfach nur nass.

5

Sie muss immer wieder an Herrn Vorden denken. Schon die Einrichtung seiner Wohnung, die kleinen Dinge, Bücher, Bilder, die warme Eleganz der Möbel und Teppiche, haben sich wie eine Art Sprache an Chiara gewandt, haben ihr gesagt, dieser Mann ist liebenswert, er ist etwas Besonderes, du fühlst dich zu ihm hingezogen, obwohl er so alt ist wie dein Vater und vielleicht aussieht wie Wolfgang Schäuble, und all das findet sie nun in den Geschichten bestätigt. Dieselbe Seele zeigt sich darin.

Vielleicht hat sie als Illustratorin ein Auge für das, was kleine Dinge sagen können, vielleicht erkennt sie einen verwandten Geist in dem, was er um sich hat, angesammelt und behalten, gefunden, geschenkt bekommen, nicht weggeworfen.

~

Der Regen hält an, und das heitere sommerliche Lebensgefühl verschwindet wie ein Anblick aus dem Zugfenster. Chiara muss die Heizung wieder anwerfen und sich Leonies dicke Strickjacke anziehen, wenn sie lüftet.

Wenn sie mit Leonie chattet, spricht sie die nicht auf Markus an, und sie schwärmt auch nicht mehr von Herrn Vorden, Leonie hat Besseres zu tun, als sich um das hinter ihr liegende Leben zu kümmern.

Als wären sie einen Handel miteinander eingegangen, lässt Leonie ihrerseits Chiara mit dem Aufruhr in Ruhe, der in Italien herrscht, weil niemand weiß, wo sie ist. Chiaras Bruder hat sich schon dreimal auf Leonies Facebook-Account gemeldet und sie gebeten, auf ihre Freundin einzuwirken, sie solle sich mit ihm in Verbindung setzen. Leonie hat geantwortet, es gehe Chiara gut, sie melde sich, wenn sie so weit sei, er solle Geduld haben und sich keine Sorgen machen.

Das E-Mail-Programm und ihren Facebook-Account hat Chiara nicht mehr geöffnet, seit sie hier ist. Es geht nur so. Sie kann nur zu sich kommen, wenn sie die Geister ausblendet. Auch wenn ihr Vater, Andrea und ihre Mutter keine Geister sind, sondern richtige, ihr wichtige Menschen – jetzt wären sie wie Albtraumgestalten und würden sie bedrängen und verrückt machen.

~

Ist Saverio eine Albtraumgestalt? Nein. Von Gedanken und Erinnerungen an ihn geht Wärme aus. Auch wenn sie nicht mehr weiß, wie er zu ihr steht, spürt Chiara ihn auf ihrer Haut, wenn sie an ihn denkt. Er fehlt ihr. Manchmal.

~

Es ist seltsam, den Freitagvormittag freizuhaben, aber es fühlt sich gut an. Chiara kauft fürs Wochenende ein und muss sich nicht hetzen. Es ist kühl und trüb, aber wenigstens macht der Regen mal Pause, und die Straßen sind trocken, sodass sie mit dem Roller nicht so übertrieben aufpassen muss.

Und es ist erst recht seltsam, dass am Freitagnachmittag die beiden Mädchen nicht zu Hause sind, ihre Mutter sich deshalb am Saubermachen beteiligt und Chiara die restliche Zeit mit Bügeln verbringen kann.

~

Und irgendwann am Wochenende findet Chiara es auch seltsam, dass Markus nicht mehr auftaucht. Zwar ist ihr das recht, aber es versteckt sich auch eine Kränkung darin. Sie muss über sich selbst lachen, als ihr klar wird, dass sie offenbar gleichzeitig zwei vollkommen einander widersprechende Gefühle hat. Das ist jetzt wohl typisch Frau, denkt sie. Das Gegenteil gleich mitwollen. Er soll mich belästigen, damit ich mich begehrt fühle, und er soll mich in Ruhe lassen, weil ich mich nicht für ihn interessiere.

~

Sie arbeitet konzentriert an einem Bild der alten Dame mit dem davonfliegenden Regenschirm. Es ist schwierig, den Regen zu zeichnen, ohne das ganze Blatt unter Schraffuren zu verstecken, aber als sie fertig ist und feststellt, dass die Kolorierung stark an Hergé erinnert, freut sie sich. Hergé ist eins ihrer Vorbilder. Zusammen mit Erlbruch und Kriegel. Und natürlich dem unvergleichlichen Carl Larsson.

~

Sie macht es wie letzten Dienstag. Zuerst die Arbeit, dann die Geschichte. Diesmal in einem grauen Hemd. Sie hat die Bodylotion wieder weggelassen, aber die Kaffeemaschine nicht ausgeschaltet, um sich einen letzten Espresso zu machen. Vorsichtig, sodass kein Tröpfchen oder Fleckchen an der Maschine zurückbleibt. Die Tasse wird sie spülen und einräumen, bevor sie aus dem Haus geht.

Ein edler weicher Mantel

Angie kriegt mich immer rum. Egal, was sie sich in den Kopf setzt an Freundschaftsdiensten, die nur ich ihr erweisen kann, weil niemand sonst auf der Welt das Format dazu hat, oder weil sie nur mir, ihrer besten Freundin, solch heikle Missionen anzuvertrauen wagt, was auch immer sie mir mit ihrer unvergleichlichen Mischung aus Charme und Chuzpe an Zumutungen andient, ich erledige den Job. Ob es ums Alibi für einen Seitensprung geht oder darum, ihr schnell Geld nach Südfrankreich zu schicken, frühmorgens den vergessenen Pass zum Flughafen zu fahren oder spätnachts Kondome in ihren Briefschlitz zu werfen, weil sie den ultimativen Kerl im Bett hat und nicht mehr gehen lassen kann – ich tu's. Diesmal vertrat ich sie bei einem ihrer Putzjobs.

Sie hatte eine Reise gewonnen, eine Woche Türkei im Fünfsternehotel. Jeder Mensch, den ich kenne, ignoriert solche Angebote, nur Angie nicht. Sie muss das Schnäppchen schnappen.

Sie ist Autorin, Übersetzerin und Lektorin, schreibt unter Pseudonym Krimis, Jugendbücher und lustige Frauenromane, kann davon aber nur notdürftig leben, also putzt sie nebenbei und behauptet, die Inspiration, die ihr durch den Kontakt mit echtem Leben, zumindest echten Wohnungen, zuwachse, beschere ihr drei Viertel ihrer Einfälle für Geschichten. Leute wie Angie kommen blond auf die Welt und sinken blond ins Grab, sie werden weder grau noch ruhig oder gar weise, sie bleiben ihr Leben lang sanguinische Kinder und finden immer wieder eine Mutter, die das Chaos ihres Alltags zu bändigen versucht.

Ich habe mich schon manchmal gefragt, wieso sie mich so leicht um den Finger wickeln kann, ich bin nicht lesbisch und leide nicht am Helfersyndrom, ich bin weder dick noch hässlich, noch fühle ich mich ihr sonstwie unterlegen, also fällt auch die Theorie vom Statusgefälle weg, das manche Frauenfreundschaft zum Herrin-und-Zofe-Verhältnis macht. Vielleicht ist es ganz einfach: Sie ist die kleine Schwester, die ich nie hatte. Oder noch einfacher: Sie bringt mich zum Lachen.

*

Ich stand im fünften Stock eines Charlottenburger Jugendstilbaus vor einer Wohnung mit dem schlichten, aber feinen Plexiglas-Namensschild *Hoffmann* und musste mich überwinden, den Schlüssel ins Türschloss zu stecken. Was, wenn der Mann da war? Angie hatte mir zwar versichert, er sei mittwochs bis freitags immer in München, komme erst am Freitagabend und bleibe bis zum Dienstag in der Stadt. Wovon er lebe, könne sie nicht sagen, aber dass er allein lebe, gut lebe, auf keinen Fall schwul sei und sie ihn nicht von der Bettkante stoßen würde, wenn er doch nur ein Auge für Putzfrauen hätte. Oder wenigstens für diese eine Putzfrau, sie, die er aber nicht wahrnehme, weil er seit der ersten und einzigen Besprechung, bei der er sie engagiert hatte, nur noch telefonisch oder per Zettel mit ihr kommuniziere. Das aber immer, wie sie betont, sehr freundlich und sonor, nie mäkelig oder schroff. Ich schloss auf.

Dass er gut lebte, sah ich auf den ersten Blick. Die Wohnung musste ihm gehören, ein Vermieter hätte nicht den teuren dunklen Schiffsboden genommen, nicht in dieser für Charlottenburg eher untypischen Gegend, wo sich Türken, Russen und Araber, Alternative, Lehrer, Hartz-IV-Empfänger und junge Familien mit Kindern tummeln und alles billig und bunt ist, Wohlhabenheit ein Makel, ein Auto alt, klein, praktisch oder in der Garage versteckt und Stil oder modischer Glamour entweder viel zu grell sind oder fern wie ein fremdes Land.

Gott sei Dank kam der Herr Hoffmann nicht aus einer der Türen geschossen, um mich mit verärgertem oder zumindest erstauntem Gesicht zu fragen, wer zum Teufel ich sei, also sah ich mir, nachdem ich meine Jacke an den Haken im Flur gehängt hatte und meine Tasche daneben, zuerst einmal die Wohnung an.

Dabei pfiff ich wiederholt durch die Zähne und machte respektvolle Wedelbewegungen mit der linken Hand wie für eine irgendwo versteckte Kamera, der ich die entsprechende Reaktion auf die geschmackvolle Einrichtung nicht schuldig bleiben durfte. Die Wände graugrün abgetönt, der Stuck ein bisschen heller, große, schlicht gerahmte Bilder, allesamt abstrakte minimalistische Originale in Weiß und Bräunlich, Gräulich, Bläulich, Möbel und Regale kirschfarben rötlich oder nussbaumfarben dunkelbraun, zwei streng viereckige Sofas aus kräftigem geflochtenem Material mit lindgrünen Kissen, davor zwei indische Teetische, auf dem Boden ein fein gemusterter Kelim in den Farben Indigo, Rot und Sand, ein Lounge Chair von Charles Eames mit weißem Leder und im Esszimmer Tisch und Stühle von Frank Lloyd Wright, wenig

Nippes, der aber charmant und persönlich, Figürchen aus dem Comic *Tim und Struppi*, ein Porzellanpinguin, Blechspielzeug, ein kleiner Stoffhund und winzige Autos aus Bakelit. Und Bücher in Massen: Romane, Thriller, Geschichte, Kunst, Politik, Naturwissenschaften und Comics. Und CDs. Ich ging in die Hocke und zog hier und da eine heraus: wenig Klassik, hauptsächlich Klaviermusik, wenig Jazz, soweit ich das erkennen konnte, viele ausländische Künstler, Norweger, Finnen, Schweden, amerikanische Folksänger wie Don McLean, Judy Collins, Gitarristen, von denen ich nie gehört hatte, und einiges, was dem Cover nach wie Blues oder ältere Folkmusic aussah.

Um mir nicht ganz und gar wie eine Schnüfflerin vorzukommen, holte ich den Staubsauger aus dem Wirtschaftsraum neben der Küche, in dem auch Waschmaschine, Trockner, Bügelbrett, Wäschekorb und allerlei Haushaltsgegenstände aufbewahrt waren, und stellte ihn im Flur ab. Steckte ihn aber noch nicht ein, denn ich hatte den Rest der Wohnung noch nicht inspiziert.

Das Schlafzimmer glich dem Wohnzimmer, dieselbe Art Bilder, dieselben Farben, ein schönes Metallbett und ein Sofa, zwei Kommoden und ein flacher Fernseher – eine Glastür öffnete sich auf einen nur halb überdachten Balkon mit Sonnenschirm, Tischchen und zwei Stühlen, eine zweite führte durch einen schmalen, zum Schrank ausgebauten Raum ins Bad. Und dieses Bad war ein Rausch in Weiß, wunderschön, lichtdurchflutet, alles mit kleinen weißen Porzellankacheln ausgelegt, so ordentlich wie der Rest der Wohnung und so einladend, dass ich mir am liebsten die Kleider vom Leib geblättert hätte, um ein Bad zu nehmen.

Das muss ein bemerkenswerter Mann sein, dachte ich, so viel kluge und sensibel aufeinander abgestimmte Ästhetik lässt auf Charakter schließen. Zumindest auf Souveränität. Ich hatte so etwas noch nie gesehen, nicht mal im Kino oder in Zeitschriften – diese Wohnung klang wie ein Akkord, leise, aber eindringlich und warm, sie tat meiner Seele gut. Dieser Mann hatte nicht nur Geschmack, fand ich, er musste auch Herz haben.

Oder er war Architekt und hatte das einfach gelernt. Ich sollte nicht gleich für ihn schwärmen, nur weil seine Wohnung mich umschließt wie ein edler weicher Mantel, dachte ich noch, aber ich war schon viel zu gut auf diesen unbekannten Mann zu sprechen, als dass ich mich noch zu Distanz oder gar Skepsis hätte überreden können. In meiner Vorstellung sah er längst aus wie Uwe Kockisch, hatte eine Stimme wie Christian Brückner und war Dirigent, Verleger oder Anwalt von Beruf.

Ich bin übrigens kein Aschenputtel, ich lese, außer denen von Angie, keine Bücher, in denen es um Mr. Right geht oder darum, sich treppaufwärts zu verheiraten, ich träume keine Schnulzen und mache keine Kluburlaube mit Muschelgeld und Kontaktdisco für Singles. Ich leite eine Schule, bin fast vierzig, geschieden und kuriert – sollte mir jetzt noch ein Gefährte ins Leben spazieren, dann müsste er wirklich spazieren, vom Zufall in mein Blickfeld gerückt werden, jedwede Art von Anbahnung kommt nicht für mich infrage.

Während ich all dies dachte, hatte ich mich längst ausgezogen, den Hahn an der Badewanne aufgedreht, war nackt in den Flur gegangen, um dort den Staubsauger gut sichtbar hinzustellen, damit ich mich im Falle überraschenden Erwischtwerdens irgendwie herausreden konnte auf ein Missgeschick, verschüttetes Putzmittel oder etwas in der Art, hatte mich eine Zeit lang in den Lounge Chair gesetzt, um das Leder an meiner Haut zu spüren, mir, zurück im Bad, ein gebrauchtes Handtuch aus dem Wäschekorb genommen, die Jalousie heruntergelassen, sie schräg gestellt, sodass mildes Dämmerlicht den Raum streichelte, und war in die Wanne geglitten, als hätte ich den ganzen Tag über auf nichts anderes hingelebt. Ich wusch mich nicht, ich lag nur da und genoss die Wärme an meiner Haut, das weiche Licht und das gelegentliche Plätschern und Glucksen, und sah abwechselnd an die Decke und auf meinen vom Wasser optisch verzerrten Körper. Was ich darüber hinaus noch tat, bleibt mein Geheimnis.

Später, als ich dann wirklich die Wohnung putzte, zuerst Staub wischte, dann saugte, dann Bad, Küche und die Böden machte, fand ich noch den einen oder anderen Hinweis auf Herrn Hoffmanns Charakter, auch weniger schmeichelhafte jetzt, aber seinen Nimbus vermochten sie nicht mehr zu beschädigen. In der Küche zum Beispiel standen alle Gewürzgläser, auch die Dosen im Schrank so, dass man das Etikett lesen konnte, die Schubladen und der Kühlschrank waren in einer so übertrieben ordentlichen Weise eingeräumt, dass klar war, hier herrschte ein Zwangscharakter, die Hemden, Jacketts, Hosen, T-Shirts, Unterhosen und Socken im Schrankzimmer waren nach Farben geordnet, Grau, Schwarz und Blau, und lagen Kante an Kante auf dieselbe Größe gefaltet, im Schreibtisch reihten sich die Utensilien, Bleistifte, Kulis, Radiergummi, Spitzer, Klammergerät, Tesafilm und so weiter wie Soldaten in ihren Gräbern oder Internatskinder in ihren Betten – mir wurde klar, dass der gute Geschmack dieses Herrn seine dunkle Seite hatte. Mit ihm zusammenzuleben wäre kein Vergnügen. Er würde jedes von mir losgelassene Ding an eine bessere Stelle in der Gesamtkomposition rücken, jeden in die Spülmaschine gesteckten Teller wieder herausnehmen und besser verstauen, an den Marmeladengläsern drehen, wann immer ich sie abstellte, und mit der Handkante über die Bücherrücken fahren, nachdem ich einen Band herausgenommen oder auch nur mit dem Blick gestreift hätte.

Ganz hinten in einer Küchenschublade lagen mehrere identische Schlüssel – ich probierte einen aus und hatte richtig gelegen: Es war der Haus- und Wohnungsschlüssel. Zwanghaft hin oder her, Herr Hoffmann würde dessen Fehlen nicht bemerken, denn er hatte diese überzählige Reserve vermutlich vor Jahren hier abgelegt und seither keinen Grund mehr gehabt durchzuzählen. Ich steckte den Schlüssel ein.

*

Das war vor drei Jahren. Seither verlaufen meine Donnerstage nach einer festen Regel: Morgens dusche ich mit seiner Seife, wasche mir die Haare mit seinem Shampoo, parfümiere mich mit seinem Rasierwasser, ziehe mir Sachen an, die mit seinem Waschmittel gewaschen sind, bringe den Schultag hinter mich, nehme einen Imbiss in irgendeinem Café und gehe dann in Hoffmanns Wohnung. Ich kenne inzwischen einige seiner Bücher und manche CD, jede Schublade bis in den hintersten Winkel, weiß, dass er kein einziges Foto von sich oder irgendwem hat, dafür aber eine Schublade voller Süßigkeiten, Schokolade, Gummibärchen, Mon Chéri, Bargeld in einer Zigarrenkiste hinter den Bankauszügen (die ich nie studiert habe, ebenso wenig wie alles, was er in Ordnern aufbewahrt – so viel Diskretion muss sein), kenne die Stimmen verschiedener Geliebten, die ihm auf den Anrufbeantworter maunzen, er solle sich doch wieder melden, oder zwitschern, es sei so schön gewesen, das müsse sich bald einmal wiederholen, die Stimme eines Freundes, mit dem er offenbar Squash oder etwas Ähnliches spielt, es war jedenfalls mal die Rede von Bällen und einer

Wand, und die Stimme seiner Mutter mit vorwurfsvollem Unterton.

Ich laufe nackt durch seine Wohnung oder in einem seiner Hemden aus dem Wäschekorb, seinem Bademantel oder nur einem T-Shirt, ich nehme irgendwann mein Bad, tue dort oder auch mal im Lounge Chair, was mein Geheimnis bleibt, und achte darauf, jedes Mal vor Einbruch der Dunkelheit wieder spurlos verschwunden zu sein.

Ich musste mich hin und wieder beherrschen, ihm nicht ein extrablödes Buch ins Regal zu stellen, von Hera Lind zum Beispiel, eine Billigmarmelade von Aldi in den Schrank, schön mit dem Etikett nach vorn, oder eine CD von Richard Clayderman zwischen seine exquisite Klassik zu platzieren. Es juckte mich schon, ihn mit solchen »Botschaften aus dem Jenseits« zu verwirren, aber ich habe es immer geschafft, davon Abstand zu nehmen. Mein Donnerstagsparadies für solche Scherze zu riskieren wäre einfach dumm.

*

Angie habe ich einen Job in meiner Schule besorgt, im Sekretariat, immer donnerstagnachmittags, so habe ich sie sicher aus dem Weg. Ich halte Kontakt mit ihr und horche sie gelegentlich aus (ohne dass sie es merkt natürlich), ob sie nach wie vor bei Hoffmann putzt oder sich an der Regelmäßigkeit seiner Flüge nach München etwas ändert, denn ich möchte weder von ihm noch einer neuen Putzfrau erwischt werden.

Mir ist schon klar, dass diese Gefahr einen Teil des Reizes ausmacht, es sind nicht nur die schöne Wohnung und die gestohlene Intimität, die mir Champagner statt Blut durch die Adern strömen lassen, aber je länger der Fall nicht eintritt, desto länger bleibt mein Leben in Ordnung, freue ich mich auf Donnerstag und bescheide mich mit der Existenz einer spröden, angesehenen, aber nicht besonders glamourösen Schulleiterin.

*

Ein paar Macken habe ich, das weiß ich wohl, und das nicht erst, seit mich meine erste Frau deswegen verlassen und die zweite damit so in Grund und Boden gekrittelt hat, dass ich *sie* verließ. Jetzt bin ich der Einzige, der damit klarkommen muss, und ich komme damit klar. Mich stört es nicht, dass mir Schönheit mehr bedeutet als Ergonomie oder gar ein günstiger Preis und mir deshalb nichts Hässliches in die Wohnung kommt. Auch wenn ich tage- oder wochenlang suchen muss und manchmal viel Geld dafür hinlege – ein schlecht designtes Telefon kommt ebenso wenig infrage wie ein buntes Weinetikett oder ein Dosenöffner mit rotem oder gelbem Plastikgriff. Ästhetik ist eine Frage der Entschiedenheit, und ich entscheide jedes Mal: In meiner direkten Umgebung gibt es keine lächerlichen Dinge. Rührende ja, lächerliche nein. Müsste ich selber putzen, dann würde ich die Mittel in schöne Behälter umfüllen, so wie ich es mit Zucker, Salz, Mehl und Ähnlichem tue, aber Gott sei Dank muss ich das nicht und kann die grässlichen Plastikflaschen in einem Nebenraum verstauen, den ich nur betrete, wenn es nicht anders geht. Geräte wie Staubsauger, Besen und Wischmop gibt es zum Glück auch in Ausführungen, die das Auge nicht beleidigen.

Und natürlich bin ich eine Art Kontrollfreak, das geht nicht anders, ein Ästhet arrangiert sich nicht mit dem Zufall, er gestaltet, und das bedeutet, Kontrolle auszuüben. Damit gehe ich jedoch niemandem außer mir selbst auf die Nerven, also gibt es auch kein Problem.

Beim Umbau der Wohnung ließ ich mir, anstatt der Rauchmelder, kleine Webcams einbauen, ohne recht zu wissen, was ich damit anfangen sollte. Vage hatte ich wohl so etwas wie selbst generierte Live-Pornografie im Sinn, ich dachte an ein Videotagebuch meiner erotischen Glücksmomente, aber das spielte sich eher in meinem Hinterkopf ab, mir selbst erklärte ich die skurrile Investition damit, dass ich eventuelle Einbrecher damit dingfest machen oder, falls ich je eine Katze anschaffen würde, ihr von fern beim Schlafen zusehen könnte.

Die erotische Variante kam nicht ins Spiel, weil ich nach dem Einzug merkte, dass ich diese Wohnung mit niemandem teilen wollte. Meine Liebesnächte fanden seither in Hotelzimmern oder den Wohnungen der Frauen statt.

Irgendwann fing ich an, von unterwegs auf meine Webcam-Adresse zu gehen und mich ein bisschen zur Beruhigung und Seelenreinigung durch die Wohnung zu klicken. Die Bilder auf dem Laptop verschönten mir das öde Münchner Hotelzimmer und besserten manches Mal meine Laune nach anstrengenden Sitzungen. Den Mittwoch ließ ich aus, weil ich nicht der Putzfrau nachspionieren wollte – ich hatte ihr einmal die Standardfalle gestellt, nämlich Geld in die Schublade zu legen, und da dieses Geld nie angerührt wurde, vertraute ich ihr.

Und dann war da auf einmal diese dunkelhaarige Frau. Als ich sie zum ersten Mal sah, hatte ich schon das Handy gezückt, um die Polizei zu rufen, aber dann stellte sie den Staubsauger in den Flur, und ich begriff, dass sie für die Putzfrau eingesprungen war, also sah ich ihr zu – mir war ein Termin ausgefallen, und ich hatte nichts Besseres zu tun.

In der nächsten Woche schaltete ich auf gut Glück wieder ein, vielleicht dauerte die Vertretung ja länger, und sie hatte nur donnerstags Zeit, und tatsächlich: Sie war wieder da und gewährte mir noch einmal eine aufregende Vorführung kultivierter und zugleich exzessiver erotischer Selbstversorgung.

Seither halte ich mir den Donnerstagnachmittag frei, unter allen Umständen, denn ich will keines unserer Dates mehr missen. Ich habe mir immer wieder den Impuls verkniffen, sie kennenlernen zu wollen, eines Donnerstags einfach hereinzuschneien und mich am Geschehen zu beteiligen, ihr wenigstens mal einen Strauß Blumen und eine Flasche Champagner hinzustellen oder ihr auf irgendeine andere Art mitzuteilen, dass sie mir guttut, mein Leben reich macht, ja, dass ich sie liebe - ich tu es nicht, denn ich weiß genau, dass unsere Beziehung nur existieren kann, wenn sie nichts von mir weiß und glaubt, ich wisse nichts von ihr.

Dennoch habe ich einen Privatdetektiv engagiert, der sich an ihre Fersen heftete und herausfand, wer sie ist, ihren Namen, ihren Beruf, ihre Adresse. Ich habe sie in meinem Testament bedacht. Sollte mir etwas zustoßen, dann bedanke ich mich aus dem Grab heraus für die Freude, die sie mir Woche für Woche beschert. Sie bekommt die Wohnung und so viel Geld, dass sie nie mehr arbeiten muss. Und die Internetadresse meiner Webcams.

Chiara atmet tief ein. Und wieder aus. Dann zieht sie die Hemdzipfel über ihrem Schoß zusammen und kontrolliert die Zimmerdecke, an der sich aber keine Rauchmelder finden. Auch die Lampe kann keine Kamera enthalten, sie hat Glühbirnen, und die Deckenstrahler leuchten alle, wenn man sie anschaltet, zumindest einer müsste tot sein, wenn sich eine Kamera darin verstecken würde.

Obwohl es nicht sein kann, fühlt sie sich gesehen, und sie weiß nicht, ob ihr dieses Gefühl nur unangenehm ist.

Der Sessel ist kein Lounge Chair, er ist mit festem, teppichartigem Stoff bezogen, hat eine steile Rückenlehne und Ohren an den Seiten. In einer Art von Trotz schlägt sie die Hemdzipfel wieder auseinander und rekelt sich, streckt die Beine aus und legt ihre Hand dazwischen, nur um auszuprobieren, ob sie sich von Vorden gesehen fühlt oder nicht. Das Ergebnis ist nicht eindeutig, weil sich mit dieser Pose – halb nackt im Sessel mit der Hand im Schoß – die Erinnerung verbindet, von der sie seit über sechs Wochen nicht lassen kann und nicht weiß, ob sie an das überraschend schöne Erlebnis oder dessen niederträchtige Folgen denkt.

Sie knöpft das Hemd zu und steht auf. Er sieht sie nicht. Und er sieht sie doch. In seiner Phantasie hat Herr Vorden seine Augen auf ihr, und nicht nur das. Er hat telepathische Verbindung. Er zapft sie an.

War es in der letzten Geschichte nur der Architekt, was auch ein Zufall sein konnte, so ist es in dieser eine überwältigende Menge an Details, die eigentlich nur aus ihrem Kopf stammen können. Die Wirkung seiner Wohnung auf sie, ihr Blick auf ihn, auf seine Zwanghaftigkeit, das Bild vom warmen Mantel, das Bad, das Anziehen seiner Hemden, die Vertretung einer anderen Putzfrau – das ist zu viel. Das ist zu genau.

Leonie ist nicht blond, und Chiara ist keine Schulleiterin, sie veranstaltet keine Peepshow in seiner Wohnung, und da steht auch kein Lounge Chair, aber sie fühlt sich so nackt vor den Augen dieses fremden Mannes, wie sie im Moment tatsächlich ist.

~

Sie schenkt sich ein zweites Glas Wein ein, das tut sie sonst nie, und sie zündet sich eine Zigarette an der anderen an, obwohl es auf Leonies Terrasse ungemütlich kühl ist. Es gibt zwei Möglichkeiten. Eine realistische und eine, die nur für Fantasyliteratur taugt. Die realistische: Vorden hat die Zeichnung von Chiaras Gesicht zum Anlass genommen, eine Geschichte über jemanden wie sie zu schreiben, eine Frau, die eine Wohnung putzt, vertretungsweise, und diese Wohnung behagt ihr so sehr, dass sie ein eigenes Leben darin beginnt. Jenseits der voyeuristisch-erotischen Komponente erzählt diese Geschichte von einer Seelenverwandtschaft oder mindestens Affinität, die Chiara tatsächlich so empfindet.

Das kann Vorden nicht wissen. Aber seine Phantasie und vielleicht auch seine Fähigkeit zur Einfühlung, verbunden mit Klischees wie der Badewanne, haben ihn etwas erfinden lassen, was der Wirklichkeit so nahe kommt, dass Chiara sich ertappt fühlt.

Die Fantasyvariante: Er hat telepathische Fähigkeiten und spaziert in Chiaras Gehirn umher wie in einem Zirkus oder Zoo, dessen bunte Tierwelt er in seinen Geschichten freilässt.

Sie muss ihn sehen. Vielleicht entscheidet sich dann, was sie bei der ganzen Sache fühlt. Sieht er aus wie Wolfgang Schäuble oder Philip Roth, dann wird sie die Wirkung dieser schmutzigen Altmännerphantasie von sich weisen und ihr Angerührtsein leugnen, sieht er eher aus wie zum Beispiel Daniel Auteuil, dann wird sie an Schicksal und Telepathie glauben und das alles aufregend finden.

Sie muss lachen, als ihr klar wird, dass sie sich selbst Regeln setzen will, die sie schon längst gebrochen hat. Sie findet das doch schon aufregend. Wie er aussieht, ist völlig unerheblich, zumal sie doch schon von Leonie weiß, dass er für die Rolle des Glöckners von Notre-Dame nicht vorsprechen würde.

Die dritte Zigarette macht sie gleich nach dem Anzünden wieder aus und geht schlafen.

6

Am Mittwochabend fängt sie mit Zeichnungen an, auf denen sich halb entblößte Frauen in selbstvergessener Verzückung eigenhändig verwöhnen, und fast automatisch findet sie zum fahrigen und dennoch präzisen Linienstil von Klimt. Sie wirft einige weg, aber zwei gelingen ihr so gut, dass sie sie behält und am Donnerstagabend überträgt und vorsichtig koloriert, nachdem sie neues Aquarellpapier und drei verschieden große Skizzenblöcke gekauft hat.

~

Freitag Nacht wacht sie auf und führt in der Realität von Leonies mondlichterhelltem Schlafzimmer ihren Traum zu Ende, in dem sie sich für Dutzende von Kameras, die teils einfach in der Luft schwebten und teils an Seilen und auf Stativen befestigt waren, mit der eigenen Hand zum Orgasmus brachte. Die Kameras sind nach dem Aufwachen verschwunden, aber der Orgasmus kommt wie eine alles mit sich reißende Bö auch in der Wirklichkeit über sie.

Und am Samstagmorgen kurz nach vier klopft es an der Tür, und Chiara, die wach ist, weil sie Durst hatte, und den ersten Vögeln bei ihrem Gesang zuhört, erschrickt, weil sie sich nur einen betrunkenen Markus vorstellen kann, der jetzt endlich von seiner ungewollten Freiheit erfahren hat und sie gleich mit der zweiten Wahl auskosten will.

Sie schleicht ans Flurfenster und schaut nach draußen. Dort steht ihr Bruder und gähnt.

»Am liebsten würd ich erst mal schlafen«, sagt er lächelnd, als sie die Tür geöffnet hat und ihn mit hochgezogenen Augenbrauen anstarrt.

~

Er liegt oben in ihrem Bett, und Chiara hat sich auf das Sofa gelegt, Fenster und Tür geöffnet, lauscht den Vögeln, die jetzt in Konzertlautstärke durcheinanderlärmen, und ist sich sicher, sie wird wieder einschlafen. Andreas Gegenwart ist beruhigend, tröstlich, sein Anblick hat ein Gefühl von Erleichterung in ihr hervorgerufen, eine Art wohliger Ermattung, die ihr in dem Augenblick zu Bewusstsein kam, als der Duft seines Rasierwassers ihr in die Nase stieg. Es ist gut, dass er da ist.

~

Sie hat ihm ein Frühstück vorbereitet, hat eingekauft für Eier mit Speck und gebackenen Bohnen, was er liebt, seit er im Schüleraustausch in Bristol war, dazu Orangenmarmelade, Tomaten, die sie mit den Eiern anbraten wird, und Toast. Als er, nur mit der Hose bekleidet, die Treppe herunterkommt, stellt sie die Pfanne auf den Herd und macht ihm einen Espresso. Er lächelt.

»Du bist die ultimative Frau«, sagt er und trinkt das für ihn bereitstehende Glas Orangensaft in einem Zug aus.

Während sie am Herd hantiert und auf das Herausschnappen der getoasteten Weißbrotscheiben wartet, fragt sie so nebenbei wie möglich: »Warum bist du gekommen?«

»Ich dachte, du brauchst vielleicht Hilfe«, antwortet er und starrt weiter auf sein iPad. Sie schweigen. Das ist zwischen ihnen nicht ungewöhnlich, fühlt sich nicht falsch an – schon als Kinder haben sie stundenlang geschwiegen, ohne einander damit zu verunsichern.

~

Er hat alles aufgegessen, und Chiara öffnet die Terrassentür, als er sein Zigarettenpäckchen aus der Hosentasche zieht – sie winkt ihn nach draußen und zündet sich selbst eine an.

»Erst ich oder erst du?«, fragt sie, und er bedeutet ihr mit einer generösen Handbewegung, dass er ihr den Vortritt lassen will.

»Nein, erst du«, sagt sie, weil ihr klar wird, dass sie ihn nur fragen will, wie er sie gefunden hat. Dazu ist noch Zeit.

»Wie fühlst du dich als Pornostar?«

»Könnten wir das Thema nicht auslassen?«

»Nein«, sagt Andrea, »das wird wohl nicht gehen.«

»Ich will im Erdboden versinken«, sagt sie, »das kannst du dir ja denken. Es ist so wahnsinnig peinlich, dass ich keinem mehr unter die Augen treten will, der das gesehen hat.«

»Außer mir«, sagt Andrea.

»Also hast du's gesehen.«

»Wie kam's denn zu dem Bild?«

»Es war ein Handyvideo. Ich hab es für Saverio aufgenommen. Das war ein Liebesdienst für ihn, weil er für einen Monat nach Argentinien musste. Er hat sich das gewünscht, und ich hab das von mir gewiesen, aber mich dann doch irgendwann getraut – es war ja nur für ihn, nur für seine Augen. Ich dachte, wenn er sieht, wie ich ihn vermisse, dann ist es fast so, als wären wir zusammen.«

»Er war bei Papa«, sagt Andrea, »dein Saverio. Netter Mann.«

»Und?«

»Er hat versucht, alles zu erklären, er hat sich tausendmal entschuldigt, aber Papa hat nur Schimpf und Schande über ihm ausgegossen. Dass er dich in eine solche Situation bringen würde, dich vor aller Welt zur Hure machen und so weiter. Saverio war am Ende nur noch geknickt, und dass Papa ihn nicht geohrfeigt hat, war vielleicht nur meiner zufälligen Anwesenheit zu verdanken. Er hat mir echt leidgetan.«

Chiara schweigt. Sie sieht die Szene vor Augen und spürt an der Hitze in ihrem Gesicht, dass sie rot geworden ist.

»Papa hat mir auch leidgetan«, sagt Andrea jetzt, »für ihn ist das der GAU, er traut sich nicht mehr aus dem Haus seither.«

»Hat Saverio denn eine Ahnung, wer das getan haben kann?«

»So, wie er's erklärt hat, vermutlich eine Exfreundin von ihm. Er hat sein Handy zu Hause vergessen, musste in Argentinien ein neues kaufen, und diese Exfreundin hat wohl von früher einen Schlüssel zu seiner Wohnung. Er glaubt, die macht sich noch Hoffnung auf eine Versöhnung und hat deshalb ein Interesse dran, dich unmöglich zu machen, und vor allem, dich gegen Saverio aufzubringen.«

»Hat Papa das Foto aufgehoben?«

»Ja.«

»Scheiße.«

Chiara zündet sich eine weitere Zigarette an. Rot ist sie jetzt wohl nicht mehr, die Hitze in ihrem Gesicht hat nachgelassen, aber ihren Bruder anzusehen wagt sie dennoch nicht.

»Eigentlich ist es eher rührend als pornografisch«, sagt er, »als Malerei in einem Museum würde es den Leuten das Herz brechen. Du sitzt da so schüchtern und versunken, man sieht eigentlich nichts, nur dass du außer dem Pullover nichts anhast, und würde man der Hand nicht die Spannung ansehen, läge sie fast so brav da wie bei der Olympia von Manet – man *weiß* halt, was die Hand da tut …«

Er spricht nicht weiter, schaut nur einmal kurz auf seine Schwester, die ihrerseits aber blicklos den Jasminbusch anstarrt, dessen Duft hier draußen alles, sogar ihren Zigarettenrauch, überdeckt.

»Was willst du jetzt machen?«, fragt er.

»Hierbleiben, jedenfalls nie mehr nach Castelnuovo zurück, und Papa kann ich erst wieder unter die Augen treten, wenn er dement ist und das Bild vergessen hat. So etwa.«

»Das bricht ihm das Herz.«

»Ist doch schon passiert. Er sieht mich als Hure.«

»Er würde dich auch lieben, wenn er dich als Massenmörderin sehen müsste.«

Chiara schweigt. Sie weiß nichts darauf zu antworten.

»Du bist sein Augenstern. Früher war ich eifersüchtig deswegen, aber dann hab ich begriffen, dass du ja auch *mein* Augenstern bist, seither verkrafte ich das.«

Um ihre Rührung über diese Liebeserklärung zu überspielen, fragt Chiara: »Wie hast du mich eigentlich gefunden?«

»Ich hab zuerst alle, die ich auch kenne, in deinem Facebook-Account angeschrieben, aber niemand wusste was von dir, außer Leonie, und weil die in New York ist und eine neue Freundin namens Kiki Man ohne Foto hat und weil ihr Heimatort auf ihrem Profil steht, musste ich nur im hiesigen Telefonbuch nach ihrer Adresse schauen. Das lag nahe, dass du hier Asyl hast. Aber ich war nicht selber so schlau. Die Idee kam von Marietta.«

»Ist das noch die aus Venedig?«

»Ja.«

»Und wenn ich nicht hier gewesen wäre?«

»Wär ich eben weitergefahren, um Evi zu besuchen.«

»Weiß sie es?«

»Nein.«

»Sag's ihr nicht.«

»Nein, mach ich nicht. Obwohl sie vermutlich kein Problem damit hätte. Ist doch irgendwie alles freie Liebe und so.«

»Kannst du dir eigentlich vorstellen, wie diese Exfreundin es geschafft hat, ein Foto in jeden *Messaggero* zu praktizieren?«

»Sie muss Geld in die Hand genommen haben, sie muss Helfer bezahlt haben, die den Packen für Castelnuovo aufgeschnürt, mit dem Foto bestückt und wieder zugeschnürt haben. Ob die das in Rom gemacht haben oder irgendwo auf dem Transport, keine Ahnung. Ich denke, sie haben's in Rom gemacht, sie hat die Packer bestochen, das Bild in die richtige Tranche einzulegen.«

»Und woher kann sie gewusst haben, dass ich in Castelnuovo lebe?«

»Sie hat sicher eure ganze SMS-Korrespondenz durchgelesen. Sie hatte ja alle Zeit der Welt.«

»Und dass ich selbst noch die ganzen Zeitungen ausgetragen habe, war dann der Zusatzwitz bei der Sache. Das konnte sie nicht wissen.«

Über diese Aktion zu reden, fast so, als wäre sie jemand anderem passiert, tut Chiara gut. Jetzt ist das auf einmal nur noch ein Rätsel, das man lösen könnte, wenn man wollte, eine kleine Mobbinggeschichte, eine Anekdote. Aber so wird es nicht bleiben. Es wird sich, sobald sie wieder allein darüber nachdenkt, in die Katastrophe zurückverwandeln, die ihr das Leben zu Hause unmöglich macht und ihrem Vater erst recht.

»Weißt du, ob Saverio sie zur Rede gestellt hat?«

»Er sagte nur, das Handy lag auf dem Küchentisch, als er aus Argentinien zurückkam, mehr nicht. Der Arme. Kam ja nicht zu Wort vor lauter Geschimpfe von Papa.«

~

Chiara war um vier Uhr aufgestanden wie immer, hatte sich, möglichst leise, um ihren Vater nicht zu wecken, einen Nescafé gemacht, war zur Bushaltestelle gefahren, hatte dort den Packen Zeitungen aufgenommen, ihre Tour hinter sich gebracht und danach beim Bäcker ans Fenster der Backstube geklopft, um drei Croissants, eins für sich und zwei für ihren Vater, zu holen.

Kurz vor sechs schaltete sie zu Hause die Espressomaschine ein für ihren Vater, der in ein paar Minuten ins Bad gehen würde, um dann gähnend in der Küche aufzutauchen und, den Blick im *Messaggero* versenkt, seinen Espresso zu trinken und die beiden Croissants zu essen. Das dritte würde er für sie liegen lassen – ihr Frühstück war gegen zehn Uhr dran. Bis dahin würde sie noch schlafen.

Wie immer überflog sie die Zeitung, bevor sie sie ihm hinlegte, und fand ihr eigenes Bild anstelle der Werbeflyer, die immer montags und donnerstags dem Blatt beilagen. Es war ein Mittwoch. Zuerst schaute sie sich um, denn sie dachte, Saverio tauche auf und habe eine seltsame Art gewählt, seine frühere Rückkehr anzukündigen, aber dann begriff sie, dass dieses Bild in *jeder* Zeitung und damit jetzt auf jedem Küchentisch oder in jedem Briefkasten lag.

Noch bevor der Schock sie in Lähmung verfallen lassen konnte, zerknüllte sie das Foto, stopfte es in die Tasche der Jeans, schrieb ihrem Vater einen Zettel, *Komme heut später, guten Morgen,* und ging aus dem Haus. Sie wusste nicht, wohin, setzte sich in ihren Golf und wartete darauf, dass ihr Vater seinen Mercedes aufschließen, einsteigen und losfahren würde.

Sie konnte nirgendwo mehr hin. Sie konnte nur noch weg, das war ihr ohne Nachdenken klar geworden – ein Viertel der Leute im Dorf kannte dieses Bild, sah es vielleicht jetzt gerade in genau diesem Moment oder würde es in den nächsten Stunden sehen, Chiara in ihrem schwarz-weiß quergestreiften Lieblingspullover, ihrem Picasso-Pullover, mit weiter nichts am Leib und der Hand im Schoß, von der Seite aufgenommen wie von einem unbemerkten Beobachter.

Als ihr Vater weggefahren war, ging sie ins Haus, packte drei Jeans, Pullover, Unterwäsche, Handy, Computer, Ausweis, Führerschein, Geld und Waschzeug zusammen, machte die Minestrone für ihren Vater fertig, duschte und zog sich an, stellte den Herd ab, schrieb den zweiten Zettel und ging zum Bus.

An der Haltestelle stand nur eine ihr unbekannte alte Frau, von der sie nicht beachtet wurde, in den Bus stieg sie mit gesenktem Blick und löste die Karte nach Roma Termini.

Dort wagte sie sich nicht aus dem Hotel, obwohl ihr

inzwischen klar war, dass dieses Foto nicht auch anderswo verbreitet worden sein konnte. Nur in Castelnuovo. Eigenhändig von ihr selbst. Ein Albtraum.

~

Sie waren am Lago di Bracciano, abends, kurz nach Sonnenuntergang, ermattet von entspannter Liebe, halb bekleidet, satt vom Essen in einer Trattoria auf dem Weg hierher, und Chiara sagte: »Ich würde am liebsten jetzt einschlafen und morgen mit den ersten Vögeln aufwachen.«

»Oder nachts mit dem ersten Wildschwein«, sagte Saverio.

»Du würdest mich beschützen.«

»Ja.«

»Es geht sowieso nicht, ich muss um vier Uhr raus und die Zeitung verteilen.«

»Weißt du, was ich gern tun würde?«

»Jetzt?«

»Nein. Irgendwann.«

»Was?

»Dir beim Sex zuschauen.«

»Mit einem anderen Mann?«

»Nein.«

»Vorm Spiegel?«

»Nein.«

»Jetzt bin ich durch mit den Möglichkeiten.«

»Nein.«

Chiara setzte sich auf und sah ihn an. Er blieb liegen, die Augen geschlossen, einen schwelgerischen Ausdruck auf dem Gesicht, und streckte ihr seine Hand entgegen. Sie nahm sie und hielt sie.

»Wenn du es dir selbst machst«, sagte er.

Sie schaute auf den See und schwieg. Sie versuchte, die Vorstellung heraufzubeschwören, aber es wollte ihr nicht gelingen. Schließlich sagte sie: »Das wäre mir peinlich.«

»Ach komm«, er hatte noch immer die Augen geschlossen und hielt noch immer ihre Hand, »vor mir doch nicht.«

»Und unlogisch ist es auch.«

»Wieso das denn?«

»Wenn du da bist, brauche ich das nicht. Zweiter-Klasse-Sex ist nur für Notlagen.«

»Dann stell dir doch die Notlage vor. Stell dir vor, ich bin weg, stell dir vor, du sehnst dich nach mir, stell dir vor, deine Hand ist meine.«

Jetzt kam die Vorstellung. Chiara schloss die Augen und legte ihre freie Hand in den Schoß. Zum Schutz vor Saverios Blick. Irgendetwas war dran an der Szene, die vor ihrem inneren Auge entstand, Ergebenheit, Sichausliefern, seinem Blick und ihrer Lust – sie glaubte, ihre Hand in seiner werde warm, und entzog sie ihm, dann öffnete sie die Augen und ließ den Spuk verschwinden.

»Die Phantasie hab ich nicht«, log sie, »es ist schweinisch, und ich bin ein braves Mädchen.«

Eine Zeit lang schwieg Saverio, dann sagte er, noch immer mit geschlossenen Augen: »Das wär's doch aber gerade. Ein braves Mädchen, das seinem Liebsten ein solches Geschenk macht, das stelle ich mir unglaublich aufregend vor.«

~

Sie sprachen nicht mehr darüber, zogen sich an, Saverio brachte sie nach Hause und fuhr weiter nach Rom, weil er am nächsten Vormittag einen Termin hatte.

Chiara dachte noch manchmal daran und entdeckte eine seltsam ambivalente Gefühlslage bei sich selbst. Es war peinlich, und es war auch aufregend. Etwas in ihr wollte es, und alles andere in ihr wollte es nicht.

~

Als Saverio ihr eröffnete, dass er für einen ganzen Monat nach Buenos Aires musste, fiel ihr diese kleine Phantasie wieder ein, und sie filmte sich selbst mit dem Handy an einem Nachmittag im Kiosk, den sie kurzerhand für eine halbe Stunde geschlossen hatte.

Sie wurde immer aufgeregter und spürte die Vorfreude in ihrem Körper wachsen, als sie verschiedene Probeaufnahmen machte, so lange, bis das Handy, an eine Dose Sanbittèr im Regal gelehnt, die richtige Position hatte, das gelegentliche Klopfen am geschlossenen Laden, die enttäuschten Kommentare der Kinder, das entferntere Schreien und Planschen und Lachen aus dem Schwimmbad und das schräge Licht des Dachfensters, all das hatte aphrodisische Wirkung auf sie, und als sie die Aufnahme startete, sich Jeans und Slip abstreifte und auf das kleine Sofa setzte, die Augen schloss und ihre Hand tun ließ, was Saverio sich wünschte, war es längst auch das geworden, was sie sich wünschte, und sie spürte, wie sie sich der Hand entgegenbog, spürte seine Augen, roch den Duft ihrer Körperlotion und bald auch den ihres Schweißes, beherrschte sich, um keinen einzigen Laut von sich zu geben, verfiel in eine Art gelassener Raserei, die sie so noch nicht erlebt hatte, und kam schließlich in einem überwältigenden, erschütternden Orgasmus, den ihr Körper gleichzeitig abzuwehren und an sich zu reißen schien.

Noch halb nackt und außer Atem sah sie sich die ersten Sekunden des Filmchens an, dann schickte sie es an Saverio ab mit dem Wort *Reiseproviant*, und als das bestätigende Geräusch ertönte, wurde ihr klar, dass sie *ihm* für dieses Erlebnis dankbar war.

~

Andrea hat sich ihre Festnetznummer aufgeschrieben und ist zu Evi nach Ludwigsburg weitergefahren. Chiara hat ihm Grüße an seine Marietta aufgetragen und tausend Euro mitgegeben, die er in Italien auf ihr Konto einzahlen wird, weil sie bis jetzt noch keins in Deutschland hat. Er wird sich in ihrem Namen bei den sitzen gelassenen Arbeitgebern entschuldigen und mitteilen, dass sie nicht mehr kommt. Und er wird ihr eine Freundschaftsanfrage bei Facebook stellen für spontane Kommunikation.

Es ist tatsächlich ein bisschen einsam, als sein Motorengeräusch um die Ecke verschwunden und schließlich ganz verklungen ist, und Chiara weiß nicht so recht, was sie jetzt mit sich anfangen soll, also wirft sie sich mit Schwung ins Putzen von Leonies Wohnung und hört, so laut sie es wagt, das Album *Amore nel pomeriggio* von Francesco de Gregori. Und dann das neueste: *Sulla strada.*

~

Sonntag Nacht klopft es wieder an ihrer Tür. Diesmal ist es wirklich Markus, und er ist betrunken, das sieht sie an seiner Haltung, und er ist deprimiert, also hat Leonie sich endlich aufgerafft. Er klopft ein paar Minuten lang, dann gibt er auf, und Chiara glaubt, einen Schluchzer zu hören, als er die Treppe hinuntergeht.

~

Montag Abend meldet sich Leonie wieder. Ich hab's geschafft, schreibt sie, war schwerer, als ich dachte.

Chiara: Ich weiß. Er war gestern Nacht hier. Geknickt und betrunken.

Leonie: Hast du ihn reingelassen?

Chiara: Nein.

Leonie: Tut mir leid, dass du das vielleicht jetzt ausbaden musst.

Chiara: Keine Sorge. Muss ich nicht.

Leonie: Ich fühl mich jedenfalls befreit. Jetzt kann ich richtig anfangen hier. Hab Wind unter den Flügeln.

Chiara: Hast du schon eine Wohnung gefunden?

Leonie: Noch nicht. Aber jetzt leg ich richtig los mit der Suche. Bisher war's nur so nebenbei.

Chiara: Ich drück dir die Daumen. Geht's dir gut?

Leonie: Ja. Sehr. Ich bin am richtigen Platz und fang jetzt mein richtiges Leben an.

Chiara: Und alles bisher war das falsche?

Leonie: Ja. Vorbereitung. Üben. Provisorisch.

Chiara: Ich freu mich für dich.

Leonie: Und ich erst. Ciao. Bis bald mal wieder.

Chiara: Auch ciao.

~

Zwischen den anekdotischen Kleinigkeiten auf dem Regal im Arbeitszimmer lehnt Chiaras minimalistisches Selbstporträt in einem billigen roten Rahmen. Sie entdeckt es, nachdem sie minutenlang den Ausblick gewürdigt, zwei rote und einen weißen Zug vorbeifahren gesehen und den neuen Stapel Papier nicht angefasst hat. Sie lächelt. Jetzt hat sie eine Spur hinterlassen, nicht nur in seinen Geschichten, sondern auch am Ort, wo diese Geschichten entstehen.

Das hellblaue Hemd ist wieder da. Sie knöpft es nicht zu, als sie es überstreift – ihre Nacktheit ist Teil der Übereinstimmung zwischen Vorden und ihr. Nach oben schaut sie nicht, nach eventuellen Kameras in Rauchmeldern oder Lampen, er sieht sie in seiner Phantasie, und sie ist damit einverstanden. Und wenn da wirklich irgendwo eine Kamera sein sollte, dann ist sie eben da. Phantasie und Wirklichkeit sind manchmal wie Zahnräder, die ineinandergreifen, um dasselbe zu bewegen.

Das dunkelgraue Tuch

Anfangs war ich jeden Nachmittag in San Zaccaria. Pünktlich um halb drei, als ginge ich ins Büro, betrat ich die Kirche, setzte mich vor das *Heilige Gespräch* von Bellini und wartete darauf, dass einer der Besucher fünfzig Cent erübrigte, um das Licht vor dem Bild anzuschalten. Ich selbst warf nie Geld ein - nicht aus Geiz, sondern aus einer Art von sportlichen Gründen, die ich nicht genauer beschreiben kann. Ich wollte einfach nur Zaungast und Trittbrettfahrer sein und so viel Anblick wie möglich mitnehmen, damit das Ganze so etwas wie Zufall bliebe. Schicksal. Ich wollte kein Benutzer dieses Bildes sein, es mir nicht untertan machen, sondern die Gnade, wenn sie mir zustieße, annehmen und den Rest der Zeit mit Grübeln verbringen.

Dazu war ich hier. Zum Grübeln. Die Erleuchtungsphasen waren meine Pausen, und deren Rhythmus wollte ich nicht bestimmen, sondern hinnehmen. Ich mache hin und wieder solche seltsamen Pläne, stelle mir seltsame Aufgaben oder absolviere seltsame Rituale. Das ist meine Methode, die milde Zwangsneurose zu kanalisieren, ihr freiwillig einen Platz zu geben, damit sie mein Unterbewusstes nicht kolonisiert und mich etwa veranlasst, kleine Hüpfer auf dem Gehsteig zu machen, mir alle zehn Minuten die Hände zu waschen oder ständig die Fenster zum Lüften aufzureißen.

Dass ich alles in eine Ordnung bringen muss, ist allerdings nicht abzustellen – ich versuche, es so unauffällig wie möglich zu tun, damit meine Frau es nicht merkt – ich muss die Teppiche im Bad zurechtrücken, die Zahnputzbecher und Shampooflaschen, ich muss Bücher auf dem Couchtisch so drehen, dass ihre Ecken nicht über dessen Rand hinausragen; das Brett, auf dem wir Brot schneiden, muss links wie hinten im gleichen Abstand von Schrank und Wand liegen, und die Spülmaschine will keine Dessertteller an den Stellen, wo die Topfdeckel Platz haben. Das heißt, der Spülmaschine ist das natürlich egal. Mir aber nicht. Ich stelle heimlich um und ordne neu. So viel Zwang darf sein.

Außer meiner strikt randomisierten Beleuchtung des *Heiligen Gesprächs* hatte ich hier keine nennenswerten seltsamen Rituale. Natürlich den Tagesablauf: nach dem Duschen Kaffee und Tramezzino in der Bar unten am Eck, dann Einkaufen bei Billa am Zattere, Putzen, falls das nötig ist, E-Mail und die Zeitung von vorn bis hinten studieren. Dann ein kleiner Imbiss, ein Mittagsschlaf von etwa einer Stunde, wieder Kaffee in der Bar und dann über die Holzbrücke an der Accademia, den Campo Santo Stefano, die Calle Larga nach San Marco und von dort weiter nach San Zaccaria zum Grübeldienst. Danach jeden Tag durch ein anderes Sestiere kreuz und quer bis zum Hunger, dann heim nach Dorsoduro und Abendessen. Erst danach wurde mein Programm beliebig: Lesen, Fernsehen, Internet, Musikhören oder ein weiterer Spaziergang bis zur Müdigkeit.

Irgendwann, es brauchte vielleicht fünf Tage, vielleicht

auch sechs, da merkte ich, dass mir in San Zaccaria außer der schönen Fassade und dem unvergleichlichen Bellini-Bild fast nichts gefiel. Die Kirche düster, die Malerei an den Wänden pathetisch und von grollender Dramatik, die Besucher immer zu eilig und zu geizig – manchmal musste ich eine halbe Stunde oder länger warten, bis endlich eine Fremdenführerin die fünfzig Cent fürs Licht einwarf, dann sprach sie zu einer kleinen Herde von Menschen, deren Gesichtern ich anzusehen glaubte, dass die seelenreinigende Schönheit des Bildes sie nicht erreichte, ihnen voll am Arsch vorbeiging, würde Susanne, meine Frau, sagen, die sich gern mit den Sprachformen ihrer Schüler brüstet – ich wurde dann immer noch deprimierter, als ich ohnehin schon war, also beschloss ich, den Ort zu wechseln.

Eine Kirche musste es sein. Nicht etwa, weil ich gläubig wäre und im Zwiegespräch mit Gott die Klarheit zu finden gehofft hätte, nach der ich suchte, sondern weil mich die magische Atmosphäre von Kirchen erreicht, seit ich sie zum ersten Mal verspürt habe: Man fühlt sich auf angenehme Weise klein, wird Teil einer Inszenierung, die mit psychologischer und künstlerischer Raffinesse darauf abzielt, den an sich egozentrischen Menschen von einer Sonne zum Planeten zu wandeln, ihn einzubetten in ein Ganzes, ihn Teil von etwas Größerem werden zu lassen. Das befreit. Und es vermag ein erhitztes Ich zu kühlen.

Als junger Mensch hatte ich kein Auge dafür. Wie die meisten meiner Peers suchte ich, wo immer ich war, die Orte auf, an denen sich viele meiner Art und meines Aussehens versammelten. Als Hippie den Stadtpark, als Student und junger Berufstätiger die jeweils einschlägigen Kneipen – es wäre mir nie in den Sinn gekommen, einen Platz aufzusuchen, an dem es nicht um mich oder meinesgleichen ging. Einen Ort der Stille, der Einkehr, gar der

Auflösung in einen Zusammenhang, der nichts mit meinem Selbstbild und dessen Veröffentlichung zu tun hat. Ich war ein Schaf und hielt mich für einen Wolf und hatte nur Augen für die anderen Schafe im Wolfspelz.

Meiner Liebe zur Malerei verdanke ich, dass dies irgendwann anders wurde. Vielleicht auch meinem Alter und einer damit einhergehenden Reife – unversehens war mir eine ästhetische Erlebnisfähigkeit zugewachsen, und die machte es notwendig, Kirchen zu betreten: Dort hingen Bilder, die mich glücklich machen konnten oder traurig, sehnsüchtig oder nervös erregt, und bald waren die Kirchen nicht mehr nur Museen für mich, sondern Gesamtkunstwerke, deren Wirkung mich immer stärker erfasste. Die Architektur, Skulptur, das Kunsthandwerk, der große Zusammenklang, mal dissonant, mal konsonant, aber immer symphonisch (ich rede von katholischen und alten Kirchen – die Kargheit der Bilderstürmer-Erben zieht mich ebenso wenig an wie die faden Klinkerstapel der Sechzigerjahre), das ganze große Ensemble aus Schönheit, Kunst und Leidenschaft erreichte mich und ließ mich Sensationen erleben, die ich anderswo nicht gefunden hätte. Ich nenne es Seelenaufruhr, wenn ich pathetischer Stimmung bin und nicht fürchten muss, ausgelacht zu werden, Susanne nennt es optische Drogenräusche, wenn sie genau das tut: mich auslachen.

Hier in Venedig sind die Kirchen Fluchtorte. Nicht alle natürlich, denn nicht alle verweigern sich dem schwelgerischen Eros dieser noch im Verfall immer schöner werdenden Stadt. Aber zum Beispiel Santa Maria Gloriosa dei Frari oder Santa Maria del Giglio, vor allem aber Santi Giovanni e Paolo, von den Venezianern nur Zanipolo genannt, sind, trotz der Pracht, die auch sie ausfüllt, atmosphärisch zart und strahlen eine Art Reinheit oder Ruhe ab, die auf mich wirkt.

Zanipolo also. Hierher zog ich um. Statt des *Heiligen Gesprächs* in San Zaccaria nun das Polyptychon mit dem strahlend schönen Sebastian im Zentrum, der die Pfeile in seiner Brust wie Schmuck trägt und so gar nicht zu leiden scheint.

Ich schon. Ich leide. Mein Grübeldienst ist der Versuch, mir über Susanne klar zu werden, von der ich weiß, dass sie mich hintergeht.

*

Es kam so: Ich rückte ein Bild gerade, das heißt, ich versuchte es, aber es widerstand mir und fiel schließlich, weil ich mich ungeschickt oder ungeduldig angestellt hatte, herunter. Dabei zerbrach der Rahmen, und ich entdeckte, dass statt der wertvollen erotischen Bleistiftzeichnungen von Gustav Klimt nur Fotokopien an der Wand hingen.

Die Wohnung war mir von einer dankbaren Patientin vermacht worden, die sie ihrerseits von ihrer Lebensgefährtin, einer Gräfin, geerbt hatte. Meine Patientin war seit dem Tod ihrer Freundin nie mehr hier gewesen, weshalb diese Wohnung insgesamt vier Jahre lang unberührt blieb, bis sie in meinen Besitz kam. Nun bin ich mir sicher, dass weder die Gräfin ihr Zuhause mit Fotokopien geschmückt noch der Rechtsanwalt, der das Erbe regelte, die Originale an sich genommen hätte. Zumal ich einen Satz von Susanne im Ohr habe, spontan ausgesprochen beim Anblick der Fotos, die mein Bruder von der Wohnung gemacht und uns geschickt hatte: Die Bilder sind vielleicht wertvoll, man sollte sie durch Kopien ersetzen und die Originale irgendwo sicherer aufbewahren.

Das schien mir damals eine gute Idee, aber ich vergaß sie wieder, kümmerte mich nicht darum und freute mich an den seltenen Aufenthalten, die ich mir zugestand. Ich war inzwischen dreimal hier gewesen, einmal mit Susanne, zweimal, so wie jetzt, ohne sie, weil sie nur in den Schulferien weg kann und ich meine spärlichen Urlaube eher antizyklisch nehme.

Was mir nun so ungeheuerlich vor Augen steht: Susanne muss, als sie im Frühjahr allein hier war, die Zeichnungen gegen Kopien getauscht, die Originale verkauft oder zumindest an sich genommen und das Geld oder die Bilder hinter meinem Rücken in irgendeiner Bank versteckt haben. Ich trage dieses Wissen seit sechs Tagen mit mir herum, und mir wird noch immer schlecht, wenn ich versuche, mir vorzustellen, wie sie das getan hat.

Und warum?

Wir sind gut gestellt, man könnte sagen: vermögend. Susannes Gehalt ist ordentlich, mein Einkommen mehr als das, und allein diese Wohnung hier dürfte sechs- bis achthunderttausend Euro wert sein. Wieso glaubt sie, Geld beiseiteschaffen zu müssen? Wir leben in Gütergemeinschaft, uns gehört alles gemeinsam. Allerdings habe ich kürzlich irgendwo aufgeschnappt, dass ein Erbe bei Scheidungen anders bewertet wird – es gehört demjenigen, dem es vermacht wurde. Will sie sich etwa von mir trennen? Oder für einen solchen Fall vorsorgen?

Ich bin ratlos. Unsere Ehe erschien mir immer gut. Wir sprechen über Konflikte und einigen uns, wir sind kompromissfähig und beide keine ausgeprägten Egozentriker. Wir schonen einander und lassen uns Freiraum. Hat sie einen Liebhaber? Will sie mit dem weiterleben?

Ich bin nicht nur erschüttert, dass sie mich bestiehlt und belügt, ich habe auch Angst. Ohne sie zu leben ist keine Option für mich.

Könnte sie den Austausch der Bilder einfach vorgenommen und dann vergessen haben, es mir zu sagen? Kann man so etwas vergessen? Das Eröffnen eines Kontos, das Anmieten eines Schließfachs, eventuell den Verkauf der Bilder und das Kassieren einer sechsstelligen Summe? Nein. Das ist ausgeschlossen.

*

Der alte Mönch, der die Broschüren und Postkarten verkauft, kommt aufgeregt mit den Händen wedelnd aus seinem Nebenraum und bedeutet einer Touristin, einer elegant gekleideten Frau, die vor dem Triptychon steht und ganz versunken in den Anblick ist, sie möge ihre nackten Schultern bedecken. Sie schaut ihn erschrocken, fast ein wenig beschämt an und verlässt die Kirche, weil sie kein Tuch und keine Jacke bei sich trägt. Ich würde ihr am liebsten hinterhergehen und irgendetwas anbieten, der Zauber dieses Ortes hat auf sie gewirkt. Sie tut mir leid.

*

Susanne hat ein großes Sicherheitsbedürfnis. Ich wollte dem immer genügen, habe immer versucht, sie in ihrem defensiven Weltbild zu verstehen und zu unterstützen, meiner spielerischen Seite nicht die Zügel schießen zu lassen. Hat sie deswegen die Bilder getauscht? Um eine Art Notnagel zu haben, falls ich mich doch noch irgendwann als unzuverlässig erweisen sollte?

*

Die schöne Frau ist zurückgekommen. Sie hat sich ein dunkelgraues Tuch gekauft, das jetzt um ihre Schultern liegt. Ich wünsche ihr, dass sie zurückfindet in die Faszination und das Staunen. Als sie sich dem Polyptychon nähert – vorsichtig, ehrfürchtig, sie erweist dem Meisterwerk schon von Weitem Respekt –, stehe ich auf und werde meinem Vorsatz untreu: Ich werfe eine Münze ein und mache Licht für sie. Auch hier kostet es fünfzig Cent. Aber hier ist es nicht so zwingend, weil diese riesige Hallenkirche viel heller ist als die vergleichsweise enge San Zaccaria.

*

Ich kann Susanne nicht mehr so sehen, wie ich sie immer gesehen habe: zärtlich, offen, klug und von hohem Anstand. Uns beide habe ich immer für zwei Hälften eines Ganzen gehalten. Jetzt fühle ich mich betrogen um den Erfolg unserer unermüdlichen Versuche, den anderen immer wieder neu zu verstehen, seine Veränderungen, sein Wachstum mitzutragen, eins zu bleiben durch alle sich wandelnden Zustände unseres Zusammenseins hindurch. Auf einmal ist sie mir fremd, und ich frage mich, ob ich sie mir nur eingebildet habe.

*

Die schöne Frau ist ergriffen von Sebastian. Sie sitzt drei Bänke weiter und atmet flach, als könne das Bild Schaden nehmen, wenn sie sich zu vieler Lebensäußerungen schuldig macht.

*

Hat Susanne mich satt, weil ich den ganzen Tag meinen Patienten zuhöre und abends manchmal unkonzentriert und abwesend erscheine? Aber auch sie ist oft erschöpft und braucht nur noch ihre Ruhe. Und auch ich muss mich manchmal bremsen, um nicht zu sprudeln, wenn mich ein kniffliges Problem oder ein anstrengender Patient nervös und mitteilsam macht.

*

Die schöne Frau sitzt da wie ausgeleert. Sie hat die Augen auf das Bild gerichtet, und ich weiß, sie ist dort – sie hat ihren Körper verlassen und ist im Bild verschwunden. Sie braucht das längst erloschene Licht nicht mehr, weil sie sich im Licht des Bildes bewegt. Ob sie dort einen Pfeil anlegt und den Bogen spannt, um die glatte Brust Sebastians zu durchbohren, oder ob sie zärtlich seine Wunden berührt, ob sie sich weit hinten in der Landschaft verliert, sie ist im Bild und wird vielleicht nicht daraus zurückkehren.

*

Vielleicht sollte ich meinen Bruder fragen. Er war vor mir mit Susanne liiert, er kennt sie vielleicht sogar besser, als ich sie kennen kann, immerhin waren sie jung und hatten ein von Träumen geprägtes Bild von der Welt und ihrer Zukunft – als wir zusammenkamen, waren wir schon Realisten geworden. Vielleicht erinnert sich mein Bruder an ihre früheren Phantasien und weiß eine Antwort auf ihr seltsames Verhalten. Leider ist unser Verhältnis nicht gerade herzlich. Er hält nicht viel von mir. Schon als wir Kinder waren, sah mein Bruder durch mich hindurch.

*

Sie ist zurück in ihrem Körper, ich höre einen tiefen Atemzug, es klingt wie ein Seufzer. Aber nicht aus Trauer oder Verlorenheit, auch nicht irgendwie erotisch, obwohl das zum makellosen Körper Sebastians passen würde – sie seufzt wie jemand, der eine Last ablegt, und tatsächlich streift sie sich jetzt das Tuch von den Schultern, lässt es auf die Kirchenbank gleiten, steht auf und geht zum Ausgang, ohne sich umzusehen nach dem nervösen Mönch, der ihre nun wieder entblößten Schultern erneut kritisieren könnte. Ich höre die schwere Tür ins Schloss fallen und bin auf einmal allein in dieser riesigen Kirche. Wer immer außer mir noch hier sein mag, ist es nicht mit mir gemeinsam. Ich schaue mich nicht um. Ich sehe nur Sebastian.

*

Ich werde überhaupt nichts sagen. Ich werde ganz einfach den Tausch nicht bemerkt haben, und wir leben so weiter wie bisher. Dass ich um ihren Betrug weiß, wird Susanne nie erfahren, und ich werde es vielleicht irgendwann wieder vergessen. Und wenn sie neuen Schmuck trägt, dann werde ich ihn bewundern und ihr glauben, wenn sie sagt, er sei nicht teuer gewesen.

Jetzt also auch noch Italien. Und Klimt. Direkt aus Chiaras Kopf. Wir sind verbunden, denkt sie, da ist ein Draht gespannt zwischen unseren Gedanken, oder wir sind einander so ähnlich, dass wir denselben Assoziationsfaden geknüpft haben – von der Frau im Lounge Chair zu Klimt.

Er muss verlassen worden sein. Von einer Lehrerin. Die einsame Schulleiterin, die schnöde Frau des Architekten und jetzt schon wieder eine, diesmal eine, die ihren Mann bestiehlt. Und sein Ordnungssinn, seine Zwanghaftigkeit, sein ästhetisches Bedürfnis – Chiara lernt diesen Herrn Vorden immer besser durch seine Figuren kennen. Ein Mann mit turbulentem Innenleben, den seine Phantasie auf Reisen schickt, dessen Zurückhaltung ihn wohl auf Distanz zu anderen bringt und einsam macht, aber, wie es scheint, glücklich einsam. Ein Menschenfreund aus sicherer Entfernung.

Chiara verspürt den Impuls, ihm irgendetwas zu schenken, aber was das sein könnte, fällt ihr nicht ein. Er soll nicht wissen, dass sie seine Geschichten liest, und er soll nicht glauben, sie mache irgendwelche Annäherungsversuche, sie kann ihm kein Bild hinlegen oder einen Kuchen hinstellen, und eine Geste, wie ihn mit der flachen Hand an der Schulter zu berühren, ist nur spontan im Zusammensein möglich, nicht vermittelt über irgendeinen Gegenstand.

~

Als sie in der Nacht das endlich ausgelesene Buch zuschlägt, weiß sie, was sie ihm schenken wird. Dieses Buch. Sie wird es ihm ins Regal stellen, und irgendwann wird er es in der Hand halten, nicht wissen, wie es zu ihm gekommen ist, es aufschlagen, um herauszufinden, ob er es nicht doch schon kennt und vielleicht nur vergessen hat, er wird sich festlesen, es faszinierend finden, nicht mehr davon loskommen, so wie Chiara – sie sind geistesverwandt, es kann gar nicht anders sein –, und er wird nie erfahren, dass dieses Geschenk von ihm selbst inspiriert wurde. In seiner Geschichte mit der wagemutigen Schulleiterin steht das extrablöde Buch, die CD von Richard Clayderman oder die Billigmarmelade von Aldi als Idee – diese Idee wird nun zu ihm zurückkommen, aber in einigermaßen zärtlicher Form, nämlich als sehr gutes Buch.

Chiara geht ins Internet und sucht nach dem Buch *Abspann* von Steve Tesich, aber sie findet es nur antiquarisch. Allerdings in einer zwar nicht besonders schönen, dafür aber sehr gut erhaltenen Ausgabe. Sie bestellt es und trägt Leonies Adresse ein. Nächsten Dienstag wird es in seine Bibliothek einwandern.

7

Mittwoch Abend steht Markus wieder da. Er hat sie durch die Terrassentür gesehen, also macht sie ihm auf und bittet ihn herein. Er sieht schlecht aus.

»Sie bleibt in Amerika«, sagt er, und dann sitzt er da, starrt auf das Glas Wein, das sie vor ihn hinstellt, greift zuerst nicht danach, dann doch, aber nur, um es zur Seite zu schieben, damit Platz für seine Ellbogen ist, die er nun aufstützt, um sein Gesicht in den Händen zu verstecken, weil er inzwischen weint. Chiara weiß nicht, was sie tun soll. Sie legt ihm eine Hand auf die Schulter und wartet darauf, dass er sich wieder fängt.

~

Fast eine Stunde ist vergangen, in der Chiara ihn in Ruhe hat weinen lassen, ihm zweimal Wein nachgeschenkt, eine Packung Tempo-Taschentücher hingehalten und ihm hin und wieder die Hand auf die Schulter gelegt, eine SMS von Leonie mit »später« beantwortet und ansonsten schweigend die Dämmerung erwartet hat.

Schließlich steht er auf, sagt: »Danke« und geht aus der Tür.

Chiara will ihn eigentlich zurückhalten, denn sie wird die Vorstellung nicht los, dass er jetzt sofort mit seinem Auto auf einen Baum zielen wird, aber sie schweigt und lässt ihn einsteigen und wegfahren. Hätte er Anstalten gemacht, sich in ihren Armen Trost zu holen, sie hätte ihm den gewährt, aber er hat nichts dergleichen versucht, nicht einmal seine Hand auf ihre gelegt. Nur geweint und sein Elend über sich zusammenschlagen lassen.

Der grüne Punkt neben Leonies Chat-Fenster zeigt, dass sie online ist, aber auf Chiaras »Hey?« kommt lange keine Antwort. Erst als Chiara erneut tippt, diesmal: »Bist du da?«, erhält sie ein »Ja« zur Antwort.

Chiara: Nicht bei der Arbeit?

Leonie: Nein.

Chiara: Was ist los?

Leonie: Das heulende Elend.

Chiara: Wie Markus. Der war bis eben da und das reine Unglück.

Als ihr klar wird, dass das herzlos klingen kann, wenn sie jetzt von Markus anfängt, versucht sie, sich schnell zu korrigieren: Und du? Warum du?

Leonie: Ich fürchte, ich hab Heimweh. Ich krieg keine Luft mehr, und meine Gelenke sind wie Marshmallows, und mein Magen ist wie eine Faust, und nur wenn ich mir Sätze auf Deutsch vorsage, geht's mir besser. Ich hab vorher schon mal den Telefonhörer in die Hand genommen und überlegt, ob ich dich anrufe, aber die Leitung ist schon tot, und per Handy werd ich arm.

Chiara: Erzähl.

Leonie: Gestern waren die Freunde da und haben einige ihrer Sachen geholt, Bücher und Platten und so was, und als sie weg waren, hat's mir den Boden unter den Füßen weggezogen. Ich dachte erst, ich bin krank, hab vielleicht einen Virus erwischt oder so was, aber es ist Heimweh. Ich hatte das zum letzten Mal, als ich vierzehn war, beim Schüleraustausch in Edinburgh.

Chiara: Buch den Flug und komm nach Hause.

Leonie: Hab ich schon. Den Flug. Vor einer halben Stunde gebucht. Seither krieg ich wenigstens wieder Luft.

Chiara: Wann kommst du?

Leonie: Morgen Abend um sieben lande ich.

Chiara: Ist dann dein Brooklyn-Abenteuer Geschichte? Oder machst du nur Pause?

Leonie: Geschichte. Ich schäme mich so.

Chiara: Das musst du nicht. Ich fahr zu meinem Bruder. Der hat Platz. Aber bis morgen reicht's mir nicht mehr, dir das ganze Haus auf Hochglanz zu bringen. Das wollte ich eigentlich zum Dank für deine Gastfreundschaft.

Leonie: Du bist zu gut, um wahr zu sein.

Chiara: Jaja. Schlüssel hast du?

Leonie: Ja.

Chiara: Ich leg deine auf das Regal neben dem Bett.

Leonie: Jetzt mach mir doch endlich Vorwürfe.

Chiara: Das kannst du vergessen.

Leonie: Vergess ich dir nie.

Chiara: Guten Flug. Wir sehn uns ein andermal. Ich mach noch die beiden Wohnungen morgen und fahr dann.

Leonie: Danke für alles.

Chiara: Gleichfalls.

Leonie: Bis bald.

Chiara: Dito. Ciao.

~

Jetzt kann sie das Buch nicht mehr in Vordens Regal schmuggeln. Es sei denn, es läge morgen schon in der Post, aber das ist nicht sehr wahrscheinlich. Chiara blättert ihre Zeichnungen durch und überlegt einen Moment lang, ob sie ihm die mit der alten Dame im Regen schenken soll, aber dann wüsste er, dass sie seine Geschichten gelesen hat, und das will sie nicht. Sie wählt eins der Blätter aus, auf denen seine Schreibtisch- und Regalbevölkerung durcheinanderfliegt, signiert es und legt es in den Block, weil sie keine Mappe hat, dann nimmt sie ihren Dufflecoat, denn es ist kühl, und geht zu Fuß, damit sich niemand über das nächtliche Geräusch des Rollers Gedanken machen kann. Die Polizei will sie nicht noch mal am Hals haben.

~

Sie macht kein Licht an. Eine Straßenlaterne und das Mondlicht reichen ihr, um in Vordens Arbeitszimmer zu gehen, die Zeichnung auf seinen Schreibtisch zu legen, neben seine Geschichte, und den Blick ein letztes Mal in die Ferne zu richten, die jetzt ein Muster aus Lichtern ist. Sie wartet, bis ein Zug vorbeifährt, diesmal nach Norden, eine zarte Kette aus gleißenden Rechtecken im diffusen Graugrünschwarz, deren Geräusch nicht bis zu ihr dringt, obwohl sie das Fenster geöffnet hat.

In jedem der Räume, auch im Bad, bleibt sie ein paar Minuten, um sich zu verabschieden von diesem Ort, dem sie sich so zugehörig fühlt und den sie nun nie wiedersehen wird. Einen Moment lang überlegt sie, ob sie das Hemd anziehen soll, aber es ist kühl, und es wäre falsch. Ab jetzt wäre falsch, was bis eben noch in Ordnung war. Sie geht nach Hause. Die Nacht riecht üppig, feucht, herbstlich, obwohl es nicht geregnet hat.

~

Vielleicht steh ich unter Schock, denkt sie, als sie sich auf Leonies Terrasse eine letzte Zigarette anzündet und den letzten Rest aus der Weinflasche eingießt, ich müsste deprimiert sein, unglücklich, mein neues Zuhause ist von einer Minute zur anderen zum temporären Aufenthaltsort umgedeutet, es wird mir entzogen und mit ihm alle Wärme und Schwärmerei, das Geschenk einer Heimat war eine Leihgabe, und ich muss zurück ins Durcheinander meines eigenen Lebens, aber ich bin nicht verzweifelt, nicht beleidigt, nicht niedergeschmettert – ich denke an die organisatorischen Dinge: Fahrkarte kaufen, SMS an Andrea schreiben, Schlüssel deponieren, einen Blumenstrauß für Leonie auf den Tisch stellen und nach der Arbeit rechtzeitig am Bahnhof sein, damit einer der weißen Züge, deren Weg ich jeden Dienstag verfolgt habe, mich nach Milano bringt.

~

Alles war so richtig, alles passte so gut, das wohnliche Versteck zum rechten Zeitpunkt, der gleich mitgewährte Lebensunterhalt, die Inspiration, die fesselnde Liebes- oder Seelenverwandtschaftsgeschichte in ihrer und Vordens Phantasie, sogar ein Liebhaber für gelegentliche Schwächestunden – das konnte nicht so bleiben. So war das Leben nicht. So träumte man sich den Ausweg, wenn man in der Klemme steckte, so malte man sich zum Trost ein Bild mit der Unterschrift *Alles wird gut.* Solche Geschichten werden vom Lärm des Weckers beendet.

~

Vorden stand vor ihr. »Zieh dir was an«, sagte er und hielt ihr sein hellblaues Hemd hin. Er hatte ihre Zeichnung in der anderen Hand und deutete jetzt, als sie das Hemd an sich genommen hatte, auf das gelbe New Yorker Taxi: »Das ist nicht richtig gut komponiert«, sagte er, »die beiden Zinnsoldaten und der Tintin sind zu steif, und das Auto wirkt wie der Mittelpunkt.« Er war ihr unsympathisch.

Jetzt trat Leonie hinter ihm hervor, und auch sie wirkte unsympathisch, obwohl sie sagte: »Du bist zu gut, um wahr zu sein.« Es klang wie eine Verfehlung, schlechtes Benehmen, als belästige Chiara sie damit.

Ich träume das, kam ihr plötzlich in den Sinn, wenn die mir jetzt auf die Nerven gehen, dann reiße ich die Augen auf und schalte sie weg.

»Nur wenn ich das will«, sagte Vorden. »Ich habe dich erfunden, und ich sage, wann du die Augen aufreißen sollst.«

Der Wecker klingelte.

~

Den Tee von Herrn Köhler trinkt sie diesmal, anstatt ihn heimlich wegzuschütten, so schlecht schmeckt er eigentlich nicht. Herr Köhler will ihr damit etwas Gutes tun, also macht sie es zu etwas Gutem, indem sie trinkt.

Als Chiara am späten Vormittag mit seinen Einkäufen zu ihm zurückkommt, stellt sie ihm eine gelbe Rose in ein Wasserglas, und auf seine erstaunte Frage, womit er das verdient habe, antwortet sie: »Das ist mein Abschiedsgeschenk. Fräulein Wildenhain kommt nächste Woche wieder. Ich fahre zurück nach Italien.«

»In Ihr schönes Dorf bei Rom?«

»Nein, zuerst nach Modena zu meinem Bruder und dann vielleicht nach Venedig. Ich weiß es noch nicht.«

»Würden Sie denn auch ein Geschenk von mir annehmen?«

»Das sollen Sie nicht tun, Herr Köhler. Sie haben doch bezahlt für meine Arbeit.«

»Für Ihre Arbeit will ich Ihnen ja auch nichts schenken. Nur aus Sympathie.«

»Ja dann. Gern.«

Er kramt in einer Schublade in seinem Schlafzimmer und kommt zurück mit einem silbernen, ein wenig angelaufenen Armreif, den er ihr übers Handgelenk streift und ein bisschen zusammendrückt, damit er nicht wieder abrutschen kann.

»Von meiner Frau«, sagt er. »Steht Ihnen.«

»Danke«, sagt Chiara und muss sich beherrschen, nicht vor Rührung zu weinen. Sie nimmt Herrn Köhler einen Moment in den Arm und spürt, dass er das genießt, aber er hält sie nicht zu fest, als er die Umarmung erwidert, legt seine Hände nur ganz leicht um ihre Taille, sodass sie sich frei fühlen kann, jederzeit wieder loszulassen.

Als sie die Tür hinter sich geschlossen hat und zum Roller gegangen ist, weint sie wirklich. Jetzt sieht es niemand mehr.

~

Wieso hat sie Venedig gesagt? Darüber hat sie nie nachgedacht. Das kam einfach so aus ihr heraus, als läge es nahe, als wäre es eine Option, die sie schon durchgespielt hat. Eine Eingebung vielleicht.

Andreas Freundin Marietta hat eine Firma, die in Venedig Ferienwohnungen vermietet, vielleicht hatte sie das im Hinterkopf, vielleicht kann sie dort arbeiten. Vordens letzte Geschichte könnte der Auslöser sein – sie hat sich selbst gesehen mit einem grauen Tuch über den Schultern.

~

Für die Maklerin schreibt sie einen Zettel, auf dem sie sich verabschiedet, nimmt ihr Geld und beeilt sich, weil die Zeit langsam knapp wird. Sie darf den Zug nicht verpassen, sonst trifft sie womöglich auf Leonie, und das kommt aus irgendeinem Grund nicht infrage.

Sie fährt den Roller zu Leonies Haus, stellt ihn ab, holt ihre schon am Morgen gepackten Sachen, legt alles, was Leonie gehört, auf den Esstisch, Hausschlüssel, Rollerschlüssel, die Schlüssel der Putzbefohlenen, nimmt ihren Dufflecoat vom Haken und die Reisetasche in die Hand und wartet auf der Straße auf das Taxi. Es kommt um die Ecke, als sie gerade ungeduldig werden will.

~

Im ersten Bummelzug zur nächstgrößeren Stadt nimmt Chiara ihr Handy aus der Tasche, um eine SMS an Andrea zu schicken, aber sie stößt auf eine von Saverio, die einzige, die er seit Chiaras Verschwinden geschickt hat: *Es tut mir so leid, seh ich dich wieder?* Sie knipst sie weg. Sie wird ihn nicht wiedersehen.

Sie schaut aus dem Fenster auf die Maisfelder in der Nähe und die Weinberge in der Ferne, und das Bild verschwimmt. Man sollte nicht abends wegfahren. Es ist falsch.

~

Im zweiten Bummelzug schickt sie endlich die SMS an Andrea ab. Sie fällt mit der Tür ins Haus: Ob sie ein paar Tage bei ihm wohnen könne, ob er sie heute Nacht in Modena am Bahnhof abholen komme und ob Marietta noch in Venedig sei.

~

Als sie glaubt, auf der richtigen Höhe zu sein, versucht sie, Vordens Haus zu entdecken, aber sie findet es nicht. Sie lässt die Welt an sich vorbeigleiten und denkt an nichts, sie liest nicht, isst nichts, schaut einfach nur nach draußen, und nach Stunden, schon in den Alpen, ist die Sonne verschwunden, und Chiara schläft ein.

~

Und sie träumt nichts. Aber als sie aufwacht vom Dröhnen des Zugs im Tunnel, fröstelt sie und denkt, ein graues Tuch könnte ich jetzt um meine Schultern legen, aber sie hat keines. Und sie wird auch keines kaufen. Genauso wenig wie sie nach Venedig gehen wird und in einer Kirche sitzen und darauf warten, dass jemand fünfzig Cent für die Beleuchtung einwirft.

~

Als der Zug aus dem Tunnel fährt, ist draußen Nacht. Chiaras Spiegelbild im Fenster wird gelegentlich vom Licht eines einzelnen Wohnhauses durchzogen, sie sieht sich von der Seite, fast so wie auf dem Foto, mit ihrem Picasso-Pullover, und wie eins der gelegentlichen Lichter durchzieht sie der Gedanke: Die nächste Geschichte hätte damit angefangen, dass ich am Fenster stehe, die Aussicht bewundere, die weißen Züge und bläulichen Berge – er hätte mich erfunden. Ich bin gerade noch rechtzeitig entkommen. Sie schläft wieder ein und ist sich sicher: Alles wird gut.